아무튼, 로드무비

아무튼, 로드무비

김호영

위고

차례

나의 로드무비는 서울을 유랑하는
버스 안에서 시작되었다 ___ 6

다른 사람이 되길 바란 적이 있어? ___ 18
 -〈이지 라이더〉, 길 위에서

킹 오브 로드무비 ___ 30
 -한번은, 벤더스

나의 고독은 가난으로부터 오는 거구나 ___ 46
 -〈천국보다 낯선〉과 자무시

성년은 미성년이 되고 싶어 한다 ___ 60
 -〈백색 도시〉 그리고 리스본

센 강변의 산책과 하바나 해변의 즉흥 연주 ___ 76
 -파리의 〈부에나 비스타 소셜 클럽〉

세상은 유랑하는 이들의 것이 아니다 ___ 86
 -〈티파니에서 아침을〉에서 〈믹의 지름길〉까지

태양 속으로, 삶은 슬프지만 늘 아름답다 ___ 102
 -〈미치광이 피에로〉와 고다르의 청춘

Rock & Road Movie ___ 118
 -카우리스마키의 보헤미안 로큰롤

인생은 때때로 오해에서 시작된다 ___ 130
 -키아로스타미, 길의 영화

나의 로드무비는 서울을 유랑하는
버스 안에서 시작되었다

실패한 전학

중학교 1학년을 마칠 무렵, 서대문구 끝자락의 한 동네에서 한강 아래 아파트 단지로 이사를 왔다. 당시만 해도 강남이 부촌으로 발전하기 전이었다. 이사 온 집은 스무 평이 조금 넘는 크기에 억지로 방 세 개를 만들어놓은 작은 주공아파트였다. 그전에 살던 집도 작기는 마찬가지였지만 마당도 있었고 재래식 부엌도 제법 넓었기에, 나는 어린 동생들과 함께 성냥갑 같은 집을 바라보며 어떻게 적응해서 놀아야 할지 매일 심란해했다. 그러던 어느 날, 눈코 뜰 새 없이 바빠 보이던 어머니가 현관을 나서다가 무언가 생각났다는 듯이 돌아보며 물으셨다.

"너 전학해야지?"

"응."

"요 앞 중학교에 가봤더니 자리가 없다더라. 다른 데 알아볼까?"

"그냥 다니던 데 다닐게."

"그냥 다닐래, 그럼?"

"응."

이렇게 짧은 대화였는지 어쨌는지는 모르겠지만(그 시절 어머니와 나의 대화는 대체로 짧았다) 그나마 내 기억 속에서는 이마저도 가물가물하고, "그냥 다닐래?" 하며 되물으시던 어머니의 목소리만 선명하게 남아 있다. 그 뒤로 2년 동안, 나는 어머니의 그 목소리를 틈틈이 떠올리며 서울을 가로로 횡단하고 세로로 종단하면서 무던히도 돌아다녔다. 열다섯 살과 열여섯 살을 지나는 그 푸르른 두 해 동안, 버스를 두 번 내지는 세 번 갈아타면서 서울을 정처 없이 유랑한 것이다.

나의 버스 환승 스폿들

그 시절 나에겐 서울 곳곳에 버스 환승 스폿이 있었다. 홍제동 인근의 유진상가, 광화문 세종문화회관, 서울역, 남영동, 종로 2가, 신세계백화점 등등. 은평구가 시작되는 곳에 위치한 학교를 기점으로, 걸어서 3분 거리에 73번과 74번 버스 종점이 있었고, 10분 거리에 542번과 543번 버스가 지나갔고, 15분 거리에서는 150번 버스를 탈 수 있었는데, 이 버스들 중 하나를 타고 시내의 어느 지점까지 가면 다른 버스로 갈아타고 집에 갈 수 있었다. 대략 한 시간 반에서 두 시간 정도? 어느 스폿에서 버스를 갈아타든 학교에서 집으로 돌아오는 데 걸리는 시간은 비슷했고, 가끔은 한 번씩 더 갈아타면서 하굣길의 지루함을 달래곤 했다. 그때의 버스 유랑과 관련해 아직까지 남아 있는 몇몇 기억들이 있다.

　가방 들어주기. 당시엔 버스에 자리가 나서 앉을 경우 주변에 서 있는 사람들의 가방이나 짐을 들어주는 게 일종의 매너였다. 항상 나보다 나이 많은 사람들 틈에 섞여 버스를 타야 했던 나는, 어쩌다 자리에 앉으면 주위 사람들의 가방이나 짐을 들어주느라 잠시도 긴장을 놓지 못했다. 많을 때는 무릎 위에 대여섯 개의 가방이 쌓였고, 그런 날엔 고개를 돌리지도 못하고 시야가 꽉 가로막힌 채 목적지까지 힘겹게 버텨야 했다.

　누나들의 교복. 특히 무학재 인근이나 경복궁 근처에서 버스에 오르던 고등학생 누나들의 짧은 교복. 어느 학교인지는 기억나지 않으나, 몸에 딱 달라붙는 여름 교복을 입은 누나들이 내 앞에 다가와 서면 나는 얼음처럼 굳어지면서 숨도 제대로 쉬지 못했다. 그녀들이 큰 소리로 웃으며 몸을 흔들 때마다, 나는 고개를 돌려 버스 창유리에 얼굴을 찰싹 붙인 채 얼른 내릴 수 있기만을 기다렸다.

　그리고 창밖으로 보이던 서울의 거리 풍경들. 항상 어스름한 저녁의 이미지만 떠오르는 신사동 시장 골목과 왠지 쓸쓸해 보이던 역촌동 서부병원 거리, 외국의 어느 장소 같았던 이태원 크라운호텔 앞

도로의 이미지는 지금까지도 기억에 선명하게 남아 있다.

그렇게, 중학교 2년 동안 나는 까만 교복 내지는 하늘색 교복을 입고 그날그날 코스를 바꿔가며 서울의 오후를 쏘다녔다. 어제는 응암동에서 홍제동 유진상가로 가서 광화문과 용산을 거쳐 집으로 가기. 오늘은 남가좌동에서 종로로 가서 남산을 지나 반포대교를 넘어 집으로 가기. 아무도 가르쳐주지 않았지만 혼자서 코스를 개발하며 하굣길의 가능성을 다채롭게 만들어가는 일에, 나는 그럭저럭 재미를 느꼈던 것 같다. 구글맵이나 네이버 지도는커녕 제대로 된 서울 지도조차 갖고 있지 않았지만, 버스 천장에 붙은 노선표를 연구하고 발품을 팔아가며 새로운 노정을 찾아내는 데 제법 열을 올리기까지 했다. 물론 시행착오도 잦아 잠시 졸거나 한눈을 판 사이에 서울 남쪽 끝이나 동쪽 끝까지 가기 일쑤였는데, 그런 날에는 더욱 전의에 불타올라 두어 시간씩 걸어 다니며 실수를 만회하고자 했다. 다만, 신기하게도 등굣길의 코스는 전혀 생각나지 않는다. 아마도 명동 아니면 종로 어디선가 갈아탔을 텐데, 아침엔 늘 시간에 쫓겼기 때문에 창밖의 풍경이고 뭐고 눈에 들어오지 않았을 것이다.

돌이켜보면, 버스와 버스가 만날 수 있는 지점들을 찾아내고(중간에 10분 정도 걸어가 환승하는 건 다 이 경우에 포함된다), 새로운 거리와 동네를 알게 되어 낯선 풍경을 마주하는 것에 나는 점점 마음을 붙였던 것 같다. 매일 반복되는 그 긴 서울 유랑을 즐거워하진 않았지만 딱히 지루해지도 않았고, 다소 우울하고 고달팠지만 한편으론 소소한 재미 같은 걸 느꼈다. 팔자에 역마살이 있는지 없는지 모르겠지만, 떠돎을 자연스러운 것으로 받아들이며 방랑을 체화해가던 시기. 여행이 아니라 유랑이, 내 삶의 한 틀로 그렇게 자리잡아가고 있었다.

어린 도시 유랑자

나는 이미 어린 나이에 근대 문명의 상징인 대도시의 '파노라마 이미지들'을 매일 온몸으로 경험하고 있었다. 동생들과 서울 변두리 골목을 누비던 내가, 여름이면 가재를 잡으러 동네 뒷산에 오르고 가을이면 메뚜기를 잡으러 수색의 철길을 건너던 내가, 갑자기 서울이라는 대도시의 중심을 매일같이 가로지르며 돌아다니게 된 것이다. 빠르게 스쳐 지나가는 도시의 이미지들이 눈앞에 파노마라처럼 펼쳐졌고, 나는 버스 창유리 너머로 그 풍경들을 바라보며 끝 모를 공상에 잠기곤 했다.

　　잠깐 다른 얘기를 하면, 근대 사회학자와 문명학자들은 새롭게 등장한 대도시에서의 시각적 경험, 즉 급속도로 밀려오는 이미지의 홍수 앞에서 대도시인들이 겪는 시각적 충격과 그 반응에 대해 다양한 진단을 내놓았다. 짐멜은 근대 대도시인들이 이미지의 끝없는 연쇄와 과잉으로 인해 일종의 '신경과민증'적인 증세를 보인다고 주장했고 그에 대한 방어기제로 '둔감증'적인 태도를 취하게 된다고 보았다. 또, 그것이 더 발전하면 일종의 기계적 지각 같은 극히 이성적인 태도가 될 수 있다고 전망했다. 하지만 벤야민에 따르면, 대도시인들 중에는 빠르게 연쇄되는 이미지들을 감정이입에 가까운 집중력으로 관찰하는 이들이 있었다. 소위 '거리 산보자(flaneur)'라 불리는 이들은 이미지의 홍수 속에서도 모든 대상을 주의 깊게 바라보면서, 개인의 기억이 아닌 집단의 잊힌 기억을 찾아다녔다. 그들은 그 모든 이미지들에 대해 '감각적 도취'와 '거리두기'를 반복하면서, 즉 꿈꾸기와 깨어나기를 되풀이하면서 자신이 지각하는 것의 의미를 변증법적으로 종합하려 했다.

　　버스 유랑을 하던 그 시절, 나는 거리 산보자가 되기에는 턱없이 어리고 부족한 나이였지만 파노라마처럼 스쳐 지나가는 도시의 이미지들에 약간은 매혹되고 약간은 거리를 두었던 것 같다. 매일 반복되면서도 매일 조금씩 다른 그 이미지들에 주의를 기울이면서도, 머릿속으로는 끊임없이 엉뚱한 공상에 빠져들었다. 크라카우어가 얘기한 분산적 지각(빠르게 연속되는 이미지들 앞에서의 의도적 일탈 같은 지각)과는 전혀 수준이 다르지만, 그래도 최소한의 주의와 무한한 상념을 동시에 이어가는 일종의 '정신적 분산' 상태에 빠져 지냈다.

나는 조금씩 열과 기운이 넘치던 아이에서 사색적이고 조용한 아이로 변해갔다. 사춘기에 접어든 탓도 있었겠지만, 예기치 않은 장거리 버스 통학의 탓도 분명 있었을 것이다. 매일 밤늦게까지 놀고 들어와도 지친 기색 하나 없던 아이가 조금씩 창백한 얼굴빛의 기운 없는 아이로 변해간 것만 봐도 알 수 있다. 가는 길, 오는 길에 각각 한 시간 반 이상이 걸리는 데다가, 방과 후 곧바로 집에 들어가는 날보다 학교 운동장에서 놀거나 학교 근처 친구 집에서 놀다가 저녁을 거르고 들어가는 날이 훨씬 더 많았다. 나는 그 나이에 내가 될 수 있었던 것보다 조금 더 사색적이고 조금 더 감성적인 아이가 되어갔다. 건강을 조금 잃긴 했지만, 그리 나쁜 것도 아니었다. 그 덕분에 지금까지도 읽고 보고 생각하는 내일에서 그럭저럭 버티고 있으니까. 능력이랄 것까지는 없지만, 어떤 적성 같은 것을 얻었으니까.

끝나지 않는 필름

어린 시절의 버스 유랑이 로드무비와 어떤 상관이 있는지는, 나도 잘 모르겠다. 청소년 시절 나는 남보다 조금 더 영화를 좋아했고, 어디론가 떠나서 돌아다니는 영화들에 왠지 모르게 조금 더 매료되었다. 이십대 후반부터는 긴 유학 생활과 해외 체류가 이어졌는데, 이국 생활 중에도 생계를 위해 유럽의 이곳저곳을 돌아다니는 일을 계속했다. 어쩌다 보니, 오랜 시간 동안 정주(定住)와는 거리가 먼 떠돌이 생활을 한 셈이다. 그 후로도, 국내와 국외를 자주 돌아다녔지만 대부분은 유람이 아니라 일이 목적이었다. 여행이 대세를 넘어 삶의 중요한 방식으로 자리 잡은 지금, 내가 남들보다 더 많은 여행을 했는지 혹은 더 많은 장소를 돌아다녔는지는 잘 모르겠다. 다만 어린 시절부터, 더 많이 떠돌고 방랑한 것 같기는 하다. 어쩌다 보니 말이다.

희한하게도 나는 여행을 하는 동안만큼은 '정상'으로 돌아온다. 적어도 일상생활과 관련된 모든 것이 질서를 되찾고 제자리를 찾아 고정된다. 평소에는 밤 12시만 되면 눈이 말똥말똥해지는 전형적인 올빼미족이지만, 여행만 떠나면 일찍 자고 일찍 일어나는 아침형 인간으로 거듭난다. 고질적인 불면증과 수면 부족이 사라지고 아침에도 거뜬한 몸으로 일어나 바쁘게 하루 일과를 시작한다. 순수한 여행이든 업무차 여행이든 마찬가지다. 시차가 전혀 없는 국내 여행을 가도, 이를테면 부산엘 가도 마찬가지다. 식사량이 늘고 변비가 사라지며, 이동이 주는 피로를 제외하면 몸 상태도 훨씬 더 가벼워진다. 그리고 무엇보다 하루가 다르게 머리가 맑아진다. 일상적으로 나를 괴롭히던 잡념과 번민에서 자유로워지면서 먹고 자고 이동하는 것 외에는 다른 생각을 거의 하지 않는 단순하고 깨끗한 정신 상태가 된다. 유일한 문제가 있다면, 시간이 지날수록 집에 돌아가기 싫어진다는 것. 그냥 이대로 계속 여행을 하다가 어디선가 생을 끝냈으면 좋겠다는 생각에 강하게 사로잡힌다는 것.

어쩌면 나의 로드무비는 그때 이미 시작되었는지 모른다. 어린 나이에 날마다 정처 없이 버스 유랑을 다니며 파노라마처럼 혹은 영화 이미지처럼 이어지는 도시의 풍경들을 바라보던 그때. 그리고 청년기에 낯선 이국에서 보낸 방랑의 시간과 그 후로도 이어진 유랑의 시간이 모두 한 편의 로드무비를 이루고 있는지도 모른다. 내 생애의 어느 시점에서 시작되어 지금도 어디선가 돌아가고 있는 필름, 마치 파솔리니의 '무한 시퀀스 쇼트'처럼 생을 마감하는 그 순간에야 끝날 것 같은 필름. 가끔 삶이 너무 비현실적으로 느껴질 때마다, 나는 내 생의 모든 순간들이 필름 위에 새겨지고 있는 건 아닌지 혹은 내가 현실이라고 믿고 있는 모든 것이 어떤 이름 모를 로드무비의 일부인 건 아닌지, 의혹에 빠져들곤 한다.

후기

몇 해 전, 어머니와 둘이 식사를 하다가 옛날 얘기를 나눈 적이 있다. 어쩌다가 예전에 이사 다니던 일이 화제에 올랐고, 나는 지나가는 말처럼 중학교 시절의 장거리 통학 얘기를 곁들였다. 그런데 어머니가 숟가락을 내려놓으시더니 물으셨다.

"너 반포에서 중학교 나온 거 아니니?"

"네? 엄마, 저 충암중학교 나왔잖아요. 반포에서 2년 동안 버스 타고 다니면서."

"그래? 난, 네가 반포중학교 나온 줄 알았는데…"

순간 멍해졌지만, 이내 다른 얘기로 넘어갔다. 칠순이 넘은 어머니가 수십 년 전 일들을 일일이 다 기억하실 필요는 없다. 한 집안의 가장이자 동시에 세 아들의 보호자로서 누구보다 치열하게 살아오신 어머니가 먼 옛날 큰아들의 버스 유랑까지 굳이 아셔야 할 필요도 없다. 나는 괜한 얘기를 꺼낸 것 같아 후회스러웠다. 어머니 집을 나와 주차장으로 걸어가면서, 등 뒤에서 아들이 멀어질 때까지 바라보고 계실 어머니에게 혼잣말로 속삭였다.

"괜찮아요, 엄마. 덕분에, 여기저기 돌아다니며 재미있게 살았는걸요."

다른 사람이 되길 바란 적이 있어?

—⟨이지 라이더⟩, 길 위에서

피터 폰다의 환한 미소 때문일까?

왜인지는 모르겠다. 왜 그 장면인지. 영화 속에 강렬하고 충격적인 장면들이 허다한데, 왜 수십 년이 지난 지금에도 그 장면이 가장 먼저 떠올라 눈앞에 맴도는지 모르겠다.

밝은 햇빛 속에서 두 청년이 오토바이를 타고 빨간 제복을 입은 고적대를 따라가고 있다. 그들 앞에선 늘씬한 아가씨들이 리듬에 맞춰 힘차게 막대를 돌리고 있고, 모자를 눌러쓴 청년들이 북 치고 나팔 불며 그 뒤에서 행진한다. 한눈에 봐도, 소박하고 한가한 미국의 어느 소도시다. 장발에 자유분방한 옷차림을 한 그들은 근사한 할리 데이비슨에 앉아 장난스럽게 발을 구르며 쫓아간다. 곧이어 경찰차가 오고, 두 청년은 곧바로 유치장 신세가 된다.

두 청년 중 한 명을 연기한 피터 폰다의 환한 미소 때문일까? 씁쓸한 미소 정도를 빼고는 영화 내내 우중충하고 맥 빠진 표정으로 일관하던 그가 이 장면에서만큼은 모처럼 해맑게 웃어서일까? 아니면, 고적대를 흉내 내던 그들의 우스꽝스럽고 과장된 몸짓 때문에? 그것도 아니면, 도저히 한 공간 안에 있어선 안 될 것 같은 사람들의 그 기묘한 공존 때문일까? 모르겠다, 지금도. 그리 중요하지도, 길지도 않은 이 장면이 왜 내 머릿속에 남아 〈이지 라이더〉를 생각하면 맨 먼저 떠오르는지.

AFKN과 영화

고등학교 1학년에서 2학년으로 올라가는 겨울방학 즈음이었다. 하루하루 무료하게 시간을 죽이던 나는 어느 날 오후, 습관처럼 어슬렁거리며 친구 집에 놀러 갔다. 방배동 언덕에 지어진 친구의 커다란 이층 집에는 거의 항상 어른들이 안 계셨고, 별일 없으면 우리는 라면을 끓여 먹으면서 밤늦게까지 영화를 보거나 책을 읽으며 뒹굴었다. 어릴 적 미국에서 살다 온 그 친구 덕분에, 그 무렵 나는 AFKN(미군방송)이라는 TV 채널이 존재한다는 걸 알게 되었고 이따금 흥미로운 영화를 틀어준다는 정보까지 입수할 수 있었다.

"오늘은 AFKN에서 뭐 하냐?"

"뭐? 영화?"

"응, 뭐 쌈박한 거 있어?"

"알아듣지도 못하면서…. 무슨 오토바이 여행

같은 거 하는 것 같은데, 너나 봐라. 난 책 볼 거니까."

　그날 저녁, 친구가 거실 바닥을 뒹굴며 만화책 몇 권을 독파하는 동안 나는 소파에 꼼짝 않고 박혀서 〈이지 라이더〉를 봤다. 그러고는 자고 가라는 친구의 제안도 뿌리친 채 영혼이 탈출한 듯한 얼굴로 밤길을 걸어 집에 돌아왔다. 알아들은 대사라고는 데니스 호퍼가 수도 없이 내뱉었던 "헤이, 맨"밖에 없었지만, 뭔지 모를 강렬한 감정을 느끼며 영화에서 빠져나오지 못한 채 허우적거렸다.

장발의 두 히피 청년, 와이어트와 빌리

사실 더 어린 시절부터 미국 영화에 강하게 매혹되어 있었다. 몇 안 되는 제임스 딘의 영화들을 숭배하며 방 안을 온통 그의 사진들로 도배했고, 〈마이 페어 레이디〉를 보고 오드리 헵번에, 〈리틀 로맨스〉를 보고 다이안 레인에 반하기도 했다. 가끔은 (일본어를 전혀 알 리 없고 다달이 살 만한 돈도 없었지만) 일본에서 발간된 『로드쇼』나 『스크린』을 사기 위해 명동의 일본 서적 전문 서점으로 원정을 떠나기도 했다. 잡지에 딸려 나오는 유명 (여)배우들의 브로마이드나 사진 앨범을 얻기 위해서였다. 좀 더 정확히 말하면, 그 당시 반 아이들의 책받침이나 연습장 표지를 도배하던 피비 케이츠, 소피 마르소, 브룩 실즈의 사진이 아니라 캐서린 로스, 재클린 비셋, 캔디스 버겐의 사진을 구하기 위해서였다(나는 지금도 둥근 보라색 모자 안에 긴 머리를 말아 넣고 강가에 몸을 숙이던, 커다란 털 스웨터를 입은 캐서린 로스의 사진을 기억한다).

　나의 청소년기를 사로잡았던 미국 영화 중에서도 특히 나의 마음을 끌어당겼던 영화들은 소위 '뉴 아메리칸 시네마' 계열에 속하는 영화들이었다. 〈졸업〉(1967), 〈내일을 향해 쏴라〉(1969), 〈우리에게 내일은 없다〉(1967), 〈미드나잇 카우보이〉(1969), 〈와일드 번치〉(1969) 등등. 적당한 저항과 적당한 일탈, 그리고 다소 과도한 낭만이 있던 영화들. 매력적인 배우들과 아름다운 음악들로 채워졌던 영화들. 친구 집 거실에서 〈이지 라이더〉의 방영을 기다릴 때만 해도 나는 이런 영화들 중 하나를 보게 되리라 기대했다. 프로그램 예고에서 1969년이라는 제작 연도를 보았기 때문이다.

　하지만 〈이지 라이더〉는 처음부터 모든 게 낯설었다. 시작하자마자 두 주인공이 멕시코인들과 마약 거래를 하는 장면이 그랬고, 영화 내내 끊임없이 마리화나를 빨아대거나 코카인을 흡입하는 모습도 그 랬다. 또, 듣자마자 가슴에 와 꽂히는 강렬한 느낌 의 배경음악(저 유명한 스테픈 울프의 ⟨Born To Be Wild⟩나 지미 헨드릭스의 기타 연주곡들)과 달리, 끝없이 나열되는 무미건조한 미국의 풍경들도 왠지 이질적이기만 했다. 자급자족의 삶을 꿈꾸며 독특 한 교리로 무장한 히피 집단의 모습도 뜨악했고, 약 물 복용으로 환각 상태에 빠진 네 젊은 남녀의 정신 세계를 여과 없이 보여주는 장면은 그저 놀라울 뿐 이었다. 물론 가장 충격적인 건, 주인공들의 그 말도 안 되는 죽음이었지만. 잠깐 줄거리를 정리해보면 이렇다.

두 청년, 와이어트와 빌리가 오토바이를 타고 미국을 횡단한다. 떠나기 전, 그들은 마약을 사고팔아 한몫 단단히 챙겼다. 자유로운 복장과 외모 탓에 시골 모텔에서조차 숙박을 거부당하지만, 그들은 매일 밤 길 위에서 노숙하며 서에서 동으로 이동한다. 도중에 히피 집단을 만나 어울리기도 하고 잠시 유치장에 갇히기도 하나, 아랑곳하지 않고 끊임없이 달리고 또 달린다. 뒤늦게 여정에 합류한 알코올

중독 변호사가 야영 도중 마을의 백인들에게 맞아 죽고, 여행의 목적지였던 '마디 그라' 거리마저 상상했던 것과 다르자 그들은 커다란 절망에 빠진다. 다시 길을 떠나지만, 길에서 마주친 농부들이 아무 이유 없이 쏜 엽총에 맞아 둘 다 길에서 사망한다.

시간이 지나면서, 〈이지 라이더〉의 배경이 되는 지식들을 하나씩 알아갔다. 이 영화가 케루악의 소설 『길 위에서』로부터 직접적인 영향을 받았다는 사실과 그래서 애초에 여행을 통한 깨달음이나 성장, 자아 발견 따위의 설교를 늘어놓을 생각이 전혀 없었다는 사실. 또, 이 영화가 만들어진 시기가 히피 문화와 반전운동, 마약과 섹스의 자유 등으로 전 미국이 들썩이던 시대였다는 사실과 그래서 완고하고 위선적인 기성세대와 그에 저항하는 청년세대 간의 갈등이 그 어느 때보다 컸다는 사실. 그리고 약 40만 달러의 저예산으로 만든 이 영화가 수천만 달러를 벌어들이며 전 세계 젊은이들의 열광적인 지지를 얻어냈고, '늙은 기둥서방'이라는 뜻을 담은 속어 'easy rider'는 오토바이를 타고 다니는 두 젊은이가 아닌, 미국의 기성세대를 조롱하기 위해 붙여진 제목이라는 사실도.

물론, 주인공들의 허망한 죽음은 이 영화가 처음이 아니었다. 아니, 내가 빠져 있던 젊은 미국 영화들에서는 자주 주인공들이 허망하게 삶을 종료했다. 영화 내내 신물 나도록 쫓기다가 결국 수십 명의 군대를 향해 뛰어들며 생을 마감하는 부치와 선댄스도 그랬고(〈내일을 향해 쏴라〉), 정말이지 내일이 없는 은행털이 유랑 생활을 즐기다가 경찰들의 무자비한 기관총 세례에 벌집처럼 구멍이 뚫리며 죽어가던 보니와 클라이드도 그랬다(〈우리에게 내일은 없다〉). 하지만 이런 영화들에서 주인공은 대부분 중죄를 지은 범법자들이었다. 누구는 은행을 털거나 사기를 일삼았고, 누구는 손쉽게 사람을 죽이는 악명 높은 강도들이었다. 그렇다고 그들이 영화가 끝나기 전에 반드시 죽어야 할 이유는 없었지만, 할리우드 영화들은 도덕적으로나 사회적으로 문제가 있는 인물들을 그런 식으로 죽음에 몰아넣었고, 먼 이국땅의 청소년이었던 나조차도 그런 인위적인 처단에 어느새 익숙해져 있었다.

그런데 〈이지 라이더〉의 주인공들은 달랐다. 그들이 마약을 사고팔고 마리화나를 피운 건 사실이지만, 그런 일로 그렇게 개처럼 죽을 건 아니었다. 오히려 그들은 영화 내내 사람들과의 싸움을 피했고 폭력은커녕 누구에게 공격적인 말조차 못했다. 그들은 그저 복장이 불량하고 머리가 길다는 이유만으로 '건전한' 미국의 시민들에게 비참하게 살해당한 것이다. 마치 사냥꾼의 총에 맞아 고꾸라지는 짐승처럼 힘없이 그 자리에 쓰러지던 두 청년.

그래, 너에게서 자유를 본 거지

영화에서 첫 번째 살인이 일어나던 날 밤, 빌리(데니스 호퍼)가 야영 도중 알코올중독 변호사(잭 니콜슨)에게 묻는다. 사람들이 왜 자신을 두려워하는지 모르겠다고. 그 사람들, 즉 미국의 보통 사람들을 잘 알고 있는 변호사가 답한다.

"그들은 네가 아니라, 너의 긴 머리를 두려워하는 거야."

"내 머리?"

"그래, 너에게서 자유를 본 거지. 너의 자유에 겁을 먹은 거야."

훗날 이 영화를 몇 번이고 다시 보면서 처음 봤을 때 그토록 빠져들었던 이유를 조금씩 깨달아갔다. 그때의 나 또한 그들의 자유가 두려우면서도 부러웠던 거다. 설명하자면 입만 아픈 입시 교육의 악

폐 속에서 부단히 방황하던 그 시절. 온갖 폭압과 거짓이 지배하는 학교를 마치 사회의 표본처럼 받아들이라고 강요하던 어른들. 이곳을 졸업하면 혹은 이 나라를 떠나면 혹시라도 있을지 모를 자유로운 세계에 대한 막연한 동경. 몸부림치면서도 서서히 통제와 질서에 길들어져가던 나는 사회의 거대한 벽 앞에서 느끼는 그들의 절망과 환멸에 격하게 공감했다. 그리고 한편으로는, 그 어떤 것에도 아랑곳하지 않는 그들의 자유로움을 경외했다. 세상 모든 것으로부터 벗어나 있는 듯한 그들의 여유로움, 왠지 죽음의 문턱 앞에서도 눈웃음 지으며 가볍게 농담을 주고받을 것 같은 그들의 '시크함'을 동경한 것이다.

나는 늘 나 자신이길 바랐어

나이가 들면서 또 다른 사실도 알게 되었다. 여행이란 깨달음의 도정(道程)이 아니라는 것을. 여행을 통한 자아 성장이나 세상의 발견 같은 건, 개뿔 어디에도 없다는 것을. 여행을 가서 자아를 성장시키고 세상을 발견할 인간들은 떠나지 않고 살던 데에 계속 살아도 잘 성장하고 잘 발견할 이들이라는 것을.

이역(異域), 다른 곳. 여기가 아닌 다른 장소로 떠나는 행위는 지금 여기의 피로와 번민을 잠시 잊게 해주는 것에만 쓸모가 있다. 잠시, 마취주사를 맞고 잠드는 것처럼. 잠들었다가 깨어나면, 그러니까 여행에서 일상으로 다시 돌아오면, 이해할 수 없는 세상 앞에서의 절망만을 다시 확인하게 된다. 무력하고 왜소한 자기 자신과 다시 마주치게 된다.

그러므로 망각이나 휴식을 위한 게 아니라면, 여행이란 그저 무념무상의 편력이고 유랑일 뿐이다. 돌아다니고 떠돌다가, 더 이상 희망할 것이 없음에도 절망하지 않는 법을 배우는 것. 혹은 그럴 수 있는 용기를 얻는 것. 그것이 여행의 유일한 위안이라면 위안일 것이다.

〈이지 라이더〉 중반쯤, 캡틴 아메리카(피터 폰다)가 우연히 만나 함께 야영을 하던 히피 청년에게 묻는다.

"다른 사람이 되길 바란 적이 있어?"

히피 청년은 약간 무시하듯이 답한다.

"만화 주인공, 포키 피그."

캡틴 아메리카는 눈을 내리깔며 혼잣말하듯 내뱉는다.

"나는 늘 나 자신이길 바랐어."

〈이지 라이더〉 이후로 나를 매혹시킨 로드무비들은 유명 관광지를 순례하는 트립 무비나 자아 성장 과정을 그린 교양 영화가 아니라, '진짜' 로드무비들이었다. 그러니까, 길 위의 영화들. 길에서 시작해 길에서 끝나는 영화. 사람의 마을에서 시작해 사람의 마을로 돌아오며, 아, 잘 다녀왔네, 라고 흡족해하지 않는 영화. 떠남이 곧 유랑이고 방황임을 보여주는 영화. 그런 영화들로 인해 내 방황이 더 길어졌을 수 있었겠지만, 자기합리화와 무뇌화를 거쳐 삶의 정해진 틀에 스스로를 끼워 맞추는 시간은 덕분에 조금 늦어졌는지도 모른다.

킹 오브 로드무비

—한번은, 벤더스

끝없이 펼쳐진 도로를 달리지 않더라도

대학에 들어간 후 한동안 로드무비를 잊고 지냈다. 세상에는 볼 영화들이 너무 많았고, 이십대 초반과 중반은 영화를 일일이 다 챙겨보기에는 크고 작은 일들로 너무나 바빴다. 대학을 졸업할 즈음, 한 선배로부터 빔 벤더스라는 독일 감독에 대해 듣게 되었다. 독문과 대학원에서 페터 한트케의 희곡으로 석사 논문을 준비하고 있던 선배였는데, 벤더스의 로드무비들이 꽤 매력적이라는 거였다. 독일 감독이 로드무비를 만들었다고요? 나는 선배의 설명에 쉽게 수긍하지 못한 채 그가 안겨준 비디오테이프들을 마지못해 받아들고 집에 돌아왔다. 그리고 몇 달 동안 잊고 지내다가, 유학을 앞두고 마음이 초조해졌을 때 시간이나 때우자는 속셈으로 그 테이프들을 틀어보았다.

조그만 텔레비전 화면에 펼쳐지는 벤더스의 흑백 필름들은 생각보다 훨씬 더 매력적이었다. 그때까지 전혀 접해보지 못한 스타일이었고, 쓸쓸하면서도 아이러니한, 담담하면서도 유머스러운 분위기가 영화마다 흐르고 있었다. 그리고 무엇보다 로드무비 그 자체였다! 주인공들은 영화 내내 이곳저곳을 정처 없이 돌아다녔고, 영화의 이야기는 모두 길에서 시작해 길에서 끝났다. 로드무비를 미국 영화의 고유 장르로만 알아온 나의 좁은 시야는 그의 영화들과 함께 완전히 무너졌다. 또, 드넓은 황야를 가로지르거나 끝없이 펼쳐진 도로를 달리지 않더라도, 유럽의 작은 마을들과 도시들을 이리저리 돌아다녀도 충분히 매력적인 로드무비가 될 수 있다는 사실을 그때 깨달았다.

이후로 벤더스의 영화는 항상 나의 주요 관심사 중 하나였다. 그가 영화를 내놓을 때마다 웬만하면 빼먹지 않고 영화관을 찾았고, 어쩌다 관람을 놓칠 때에는 빠른 시일 안에 비디오나 DVD로 챙겨 보았다. 긴 세월이 흐르는 동안, 가끔 그의 영화들에 실망하기도 했지만 대체로 크게 만족하며 영화관 문을 나섰다. 그의 시선이 초기의 날카로움에서 벗어나 약간 혼란스러운 모습을 보일 때에도, 또 그의 영화가 독특하고 개성 넘치는 스타일에서 다소 평이하고 무난한 스타일로 바뀌어도, 나는 그런 그의 변화들을 불만 없이 받아들였고 새롭게 적응해갔다. 흔히 얘기하듯, 변해가는 그의 영화와 함께 나도 변해가고 나이가 들어간 것이다.

풍경들은 자신들의 이야기를 외치고 있다

벤더스는 자타가 공인하는 로드무비의 장인이다. 어쩌면 세계 영화사를 통틀어 가장 유명한 로드무비 감독이라고도 할 수 있다. 그가 영화 경력 내내 로드무비만 찍은 건 아니지만, 로드무비이거나 로드무비와 비슷한 정서를 지닌 영화들이 그의 필모그래피를 가득 채우고 있다. 로드무비든 아니든, 그가 자신의 영화들을 통해 관객과 교감하는 방식은 거의 유사하다. 풍경 속에 인물을 놓아둘 것. 발길 닿는 대로 그리고 가능한 많이 돌아다니게 할 것. 인물을 둘러싼 풍경과 인물 내면의 풍경 사이에서 서로 교차하거나 겹쳐지는 무엇을 찾아내 보여줄 것. 뛰어난 사진작가이기도 한 그는 『한번은,』이라는 그의 사진집 프롤로그에서 이렇게 말한 적이 있다.

나는 풍경이 지닌 서사의 힘을 굳게 믿는다.
도시, 황야, 아니면 산맥 혹은 바닷가든
풍경들은 '자신들의 이야기'를 외치고 있다.

벤더스의 영화적 도정은 독일 전후 세대의 문화적 성장 과정을 상징적으로 보여준다. 패전국의 멍에로 미국의 엄격한 문화 통제를 받아야 했던 나라, 그 속에서 자의 반 타의 반으로 미국의 대중문화 세례를 받고 자란 세대. 청소년 시절 그는 할리우드 영화와 록 음악 등 미국의 대중문화에 흠뻑 취했고, 그 영향력은 그의 평생을 지배한다.

이십대 들어, 벤더스는 의학, 철학, 사진 등 몇 가지 분야 사이에서 방황하다 파리로 건너간다. 거기서 당시 새로운 영화 운동의 산실이었던 시네마테크를 중심으로 수많은 영화들을 접하면서 영화에 빠져든다. 독일로 돌아온 그는 뮌헨 영화학교에 입학하고, 졸업 후 친구 페터 한트케의 소설 『페널티킥을 맞이한 골키퍼의 불안』을 동명의 영화로 만들어 호평을 얻는다. 그리고 독일의 젊은 영화인들과 함께 영화제작배급사를 차린 후, 〈도시의 앨리스〉(1974), 〈빗나간 행동〉(1975), 〈시간의 흐름 속으로〉(1976) 같은 로드무비 작품들을 연이어 발표하면서 세계적인 주목을 받는다. 이후, 그의 주 무대는 한동안 미국이 된다. 미국을 배경으로 돌아다니거나 미국과 관련 깊은 영화들을 만들면서, 오랫동안 미국에 대해 품어온 꿈과 환상, 실망과 환멸을 숨김없이 드러낸다. 〈해밋〉(1982), 〈사물의 상태〉(1982), 〈파리, 텍사스〉(1983), 〈밀리언 달러 호텔〉(2000), 〈랜드 오브 플렌티〉(2004), 〈돈 컴 노킹〉(2005) 등이 그런 작품들이다.

벤더스에게 '아메리카' 대륙은 상상력의 원천이자 환멸의 근원이다. 거칠고 광활한 미국의 황야는 그가 보고 자랐던 수많은 할리우드 영화들의 배경이 되는 곳이지만, 문명과 제도에서 밀려난 현대인들의 황폐한 정신을 반영하는 풍경이기도 하다. 또 허름하고 음습한 도시의 뒷골목은 블루스, 소울, 록 등 그가 사랑하는 미국 대중음악의 산실이지만, 동시에 억압받고 소외된 이들의 어두운 내면을 보여주는 풍경이다. 그는 그 황량하고 거대한 대륙에 대해 어느 미국인 못지않게 커다란 꿈과 애정을 품었고, 그 누구보다 깊은 상실과 환멸의 감정을 느꼈다. 그리고 그곳을 떠돌아다니면서 사라져가는 꿈과 기억을 되살리려 애썼다. 그의 로드무비들, 아메리카 대륙을 수없이 가로지르며 카메라에 담아냈던 그의 영화들은 그러므로 사라져가는 꿈들, 소멸되어가는 기억에 대한 부단한 자기 확인에 다름 아니다.

드라이브는 스펙터클한 형태의 기억상실이다.
모든 것이 발견되어야 하고, 모든 것이
말소되어야 한다.
_장 보드리야르, 『아메리카』

단독자들의 우연한 동행

처음에 벤더스는 분명 '다른 길'을 내려 했다. 1970
년대에 독일에서 발표한 그의 로드무비들은 이전까
지의 어떤 영화들에서도 볼 수 없었던 독자적인 스
타일을 보여주었다. 로드무비의 선조 격이라 할 수
있는 웨스턴(서부영화)과는 모든 면에서 확연한 차
이를 드러냈고, 〈이지 라이더〉나 〈우리에게 내일은
없다〉 같은 현대 로드무비들과도 몇몇 지점에서 분
명한 차이를 보였다.

벤더스의 초기 로드무비 삼부작 중 첫 번째 영
화인 〈도시의 앨리스〉는 잡지사에서 해고당한 사진
기자가 어머니로부터 버림받은 여자아이 앨리스의
할머니를 찾아 미국에서 네덜란드, 독일로 이동하는
여정을 다룬다. 우연히 공항에서 앨리스를 떠맡게
된 그는 아무런 대가 없이 아이의 할머니를 찾아주
려 노력하나 결국 모든 것은 허사로 돌아간다. 두 번
째 영화 〈빗나간 행동〉은 벤더스가 다시 한트케와 호
흡을 맞춰 괴테의 교양소설 『빌헬름 마이스터의 수
업시대』를 현대적으로 각색한 작품이다. 소설의 주
인공이 여행을 통해 세계를 경험하면서 조금씩 내적
성장을 이루고 삶에 대한 원숙한 태도를 얻는 것과
달리, 글을 쓰기 위해 길을 떠난 영화의 주인공은 인

간과 세상에 더 큰 절망을 느끼며 끝내 글쓰기를 포기한다. 세 번째 로드무비 〈시간의 흐름 속으로〉는 벤더스의 초기 로드무비들 중 가장 잘 알려진 작품으로(이 영화의 영어 제목은 'Kings of the Road'이며, 덕분에 벤더스는 '로드무비의 왕'이라는 별명을 얻는다), 아내와 이혼하고 무작정 집을 나온 한 중년 남자가 우연히 영사기 수리공을 만나 함께 동독과 서독의 국경지역을 돌아다니는 내용이다. 이렇다 할 사건이나 이야기 없이 진행되는 이 영화는 긴 여정 끝에도 결코 가까워지지 않고 서로를 이해하지 못한 두 남자를 각기 다른 프레임에 담은 채 끝을 맺는다.

이처럼 벤더스의 초기 로드무비들은 전후의 필사적인 재건 과정에서 고유의 문화적 정체성을 상실하고 무국적 땅으로 변해가고 있는 현대 독일의 풍경을 묘사했다. 그리고 그 풍경 속에 박혀 있는 미국 문화의 다양한 파편들을 보여주었다. 주크박스, 팝 음악, 야구 모자, 달러, 코카콜라 광고판 등. 그의 영화들에는 다소 강박적이라 할 만큼 과민한 반감의 표현들도 자주 등장하는데, 〈도시의 앨리스〉와 〈빗나간 행동〉의 주인공들은 현대 독일 사회를 지배하는 미국의 대중문화에 대해 자주 신경질적인 분노를 터뜨리고, 〈시간의 흐름 속으로〉의 주인공 로버트는 대화 도중 "양키들이 우리의 잠재의식을 식민지화했어"라는 말을 내뱉기도 한다.

독일의 여러 지역을 돌아다니는 주인공들은 영화가 끝날 때까지 아무것도 이루거나 얻지 못한다. 애초에 목적이 불분명한 여행이었지만, 이런저런 여정을 거쳐도 자아 성장이나 세상에 대한 깨달음 같은 것에는 결코 다다르지 못한다. 뿐만 아니라, 인물들은 여행에서 만나는 타인들과도 전혀 교감을 이루지 못한다. 보통 로드무비에서는 주인공들이 긴 여정 동안 갈등과 오해가 있더라도 서로의 속내를 털어놓으며 특별한 관계로 발전하지만, 벤더스의 영화에서는 처음부터 끝까지 철저히 '남'으로 남는다. 웨스턴이나 로드무비의 공식 중 하나가 취침이나 휴식 장면에서의 진술한 대화인데, 벤더스의 영화들에서는 이마저도 철저히 거부된다. 그저 각자의 길을 가는 단독자들의 우연한 동행만이 있을 뿐이다.

때문에, 영화의 결말은 항상 열려 있다. 인물들의 여정은 영화와 함께 끝나지 못하고 여전히 계속되며, 달리 어쩔 도리가 없는 그들은 상실, 소외, 환멸 같은 감정들을 받아들인 채 다른 곳을 향해 다시 떠난다. 당연히, 그럴듯한 분위기 속에서 주인공을 신화의 공간으로 돌려보내는 웨스턴의 라스트신 같은 것은 등장하지 않고, 현실에 쓸쓸히 남겨진 주인공이 어디론가 다시 이동하는 장면이 영화의 마지막이 된다.

재회, 그리고 화해

"이런 사람들을 알아요. 두 사람을요.
그들은 서로 사랑했죠. 여자는 무척 어렸어요.
열일곱인가 열여덟 살이었을 거예요. 남자는
상당히 나이가 많았어요. 그는 볼품없는 데다
거칠었죠. 하지만 그녀는 아주 아름다웠어요."

작은 핍쇼(peep show) 룸에 앉아 있는 남자는 등을 돌린 채 이렇게 이야기를 시작한다. 그는 돈을 내고 들어온 손님이지만 유리창 너머 여자를 차마 바라보지 못한다. 이쪽이 보이지 않는 여자는 유리창 너머에서 뭔가 이상한 낌새를 알아챈다. 남자는 계속 말을 잇는다. 어린 부인을 너무 사랑했고, 집착에 사로잡혀 직장까지 그만두었다고. 달아나려는 부인을 감시하기 위해 발목에 방울까지 달았는데, 결국에는 함께 살던 트레일러에 불이 나자 스스로 도망쳐버렸다고.

여자는 마침내 그를 알아본다. 그녀가 방의 불을 끄자 유리창 너머로 희미하게 서로의 모습을 볼 수 있다. 이번에는, 그녀가 등을 돌리고 앉아 자신의 이야기를 들려준다. 그가 떠난 후 한순간도 그를 잊지 못했다고. 그가 없어도 항상 그와 대화하며 지냈고, 상상 속의 그와 모든 것을 상의했고, 심지어 유리창 너머 남자들의 목소리도 그의 목소리라 여기며 살았다고.

영화 〈파리, 텍사스〉의 이 장면은 아마도 영화 사상 가장 유명한 재회 장면 중 하나일 것이다. 처음 이 영화를 보았을 때 나는 이십대 초반이었다. 영화 〈테스〉의 아름답고 고혹적인 주인공이었던 나스타샤 킨스키가 나온다기에, 감독이 누군지도 모른 채 별생각 없이 보러 갔다. 영화는 다소 지루했고 크게 감동적이지도 않았다. 그리고 로드무비라고는 생각조차 못했다. 마흔이 넘어 이 영화를 다시 봤을 때, 나는 이 장면에서 주체할 수 없이 눈물을 흘렸다. 주인공들보다 더 많은 눈물을 흘리며 그들의 말 한마디, 한마디에 가슴 아파했다. 사랑이 얼마나 힘든 일인지, 남녀가 함께 살아가는 것이 얼마나 어려운 일인지, 그사이에 조금은 알게 된 것이다. 영화의 화면을 채우던 황량한 황야의 풍경과 끝없이 이어지는 도로, 그리고 길을 따라 정처 없이 이동하는 주인공의 모습에도 가슴이 저며왔다. 영화를 보는 동안만큼은 그 삭막하고 쓸쓸한 풍경이 아무도 모르는 내 마음속의 거대한 사막처럼 느껴졌기 때문이다.

여러 의미에서 이 영화는 '재회'의 영화다. 영화의 이야기 자체가 오래전에 헤어졌던 부부의 재회에 초점이 맞춰져 있다. 고통과 비탄의 시간을 지나 두 사람은 다시 만났지만 힘겹게 속내를 털어놓는 데 만족한다. 서로를 얼마나 사랑했는지, 서로의 부재로 인해 얼마나 힘들어했는지 고백하지만, 막상 서로를 위로하거나 다독이는 말 한마디조차 건네지 못한다. 그저 오래전에 그들의 관계를 망쳐놓았던 오해의 실타래를 몇 가닥 푸는 데 만족할 뿐이다.

또한 이 영화는 벤더스와 미국 문화의 '재회'를 암시하는 영화이기도 하다. 청년기의 그의 영화들에서는 미국 문화에 대한 신경질적인 거부와 날선 증오가 곳곳에 솟아나 있었다. 자신의 유년기와 청소년기를 지배했던 미국적인 것들이 실상은 조국의 정체성을 지워버리고 모든 것을 잠식해버렸다는 인식 때문이었다. 할리우드의 세속적이고 비정한 제작 환경을 고발하는 영화 〈사물의 상태〉에서 그 분노를 폭발한 후, 벤더스는 냉정을 되찾고 미국에 대한 자신의 애증을 차분하게 되살펴본다. 그러고는 〈파리, 텍사스〉를 통해 가장 미국적인 장르라 할 수 있는 웨스턴의 양식들을 차용하면서 자신의 로드무비 양식을 새롭게 변모시킨다. 이 영화에서도 주인공들은 여전히 길을 잃은 채 떠돌고 방황하지만, 마침내 삶의 한 부분과 화해하기 시작한다.

　잘 알려진 것처럼 〈파리, 텍사스〉는 처음부터 웨스턴의 최후의 걸작이라 일컫는 〈수색자〉(존 포드, 1956)를 염두에 두고 만든 작품이다. 현대 로드무비의 최전선에 있던 감독이 고전 로드무비의 전형이자 미국 건국신화의 압축판이라 할 수 있는 영화를 바탕으로 자신의 작품을 구상한 것이다. 〈수색자〉의 주인공 이선이 인디언에게 납치된 조카를 찾기 위해 길을 떠나는 것처럼, 〈파리, 텍사스〉의 주인공 트래비스 역시 어딘가로 떠나버린 옛 아내를 찾으러 길을 나선다. 또 이선이 결국 조카를 찾아와 가족을 복원시키고 홀로 다시 떠나는 것처럼, 트래비스 역시 아내를 찾아 가족관계(아내와 아들)를 회복시키고 혼자 어딘가로 사라진다. 중간에 황야에서 길을 잃고 헤매는 모습 역시 둘 다 똑같다.

　물론, 〈파리, 텍사스〉는 〈수색자〉와 몇몇 분명한 차이를 보인다. 〈수색자〉에서 존 웨인이 연기한 영웅적 주인공 이선과 달리 트래비스는 영웅과는 거리가 먼, 볼품없고 나약한 인물이다. 또한 〈파리, 텍사스〉 속의 도시와 황야는 문명과 야만이라는 상징적 의미들이 제거된 범용한 공간이고, 길 역시 교화나 개척 등의 이데올로기와는 거리가 먼, 그저 연결과 단절을 반복하는 방랑의 장소일 뿐이다. 그럼에도, 〈파리, 텍사스〉에는 과거와의 화해와 가족의 회복이라는 전형적인 할리우드의 테마가 녹아들어 있다. 또 영화 내내 배경을 이루는 거대한 황야는 문명과 야만의 대립 공간을 넘어, 관객의 마음 깊은 곳에 내재된 외로움을 자극하는, 고독의 매력적인 공간으로 등장한다. 이 영화와 함께 벤더스는 날카로웠던 분노와 경멸의 언어를 내려놓고 그가 사랑했던 미국을 그 모습 그대로 다시 받아들이기로 한 것이다.

누군가의 몸짓이나 소리, 이미지가 함께한다면

〈파리, 텍사스〉 이후에도 벤더스는 계속 로드무비를 만들었다. 어떤 영화는 영화에 대한 소박한 성찰을 보여주었고, 어떤 영화는 황량한 사막의 풍경에 주인공의 쓸쓸한 회환을 담아냈으며, 또 어떤 영화는 음악과 삶에 대한 애정 어린 시선을 드러내기도 했다. 하지만 그 어느 것도 그의 초기 로드무비들만큼 철저하게 고독하거나 헛헛하지는 않다. 거의 모든 영화들에서 주인공은 변함없이 길을 잃고, 방황하고, 후회나 비탄에 잠기지만, 거기에는 화해와 복원의 손길이 있고 예술적 감응을 통한 위로 같은 것이 있다.

젊은 시절에는 벤더스의 초기 로드무비들에 매료되었지만, 지금은 이런 그의 후기 로드무비들에도 마음이 간다. 후기 영화들을 보다 보면, 어쩐지 그가 현실을 외면하고, 거짓일지도 모르는 손짓에 화답하고 있는 것 같기도 하다. 현실은 여전히 비정하고 생은 단조로운 시간의 연속일 뿐인데, 그 모든 것을 달콤한 꿈의 언어들로 살짝 뒤덮으려 한다는 느낌도 받는다. 그러나 때로는 삭막한 현실을 아름다운 꿈들로 포장하는 것도 필요한 일일지 모른다. 포장도 삶의 일부이기 때문이다. 그 포장이 예술을 담아내는 거라면 좀 더 그럴듯할 것이다.

그래서인지, 벤더스의 로드무비는 갈수록 예술적 여정과 겹친다. 〈리스본 스토리〉에서는 영화가, 〈부에나 비스타 소셜 클럽〉에서는 재즈가, 〈팔레르모 슈팅〉에서는 사진이 주인공들의 정처 없는 여정에 동행한다. 어차피 길을 잃을 수밖에 없는 그 여정에, 누군가의 몸짓이나 소리, 이미지가 함께한다면 조금은 덜 쓸쓸할 수 있으리라. 시간이 지날수록 자신을 잃어가고 점점 더 방황할 수밖에 없는 그 여정에, 예술을 향한 누군가의 열정이 더해진다면 조금은 덜 고단할 수 있으리라.

나의 고독은 가난으로부터 오는 거구나

—〈천국보다 낯선〉과 자무시

예기치 못한 일

이국에서의 삶은 지면 위의 허공 속을 걷는
것과 같다.

유학 초기, 쿤데라의 이 문장은 지겨울 정도로 나를
따라다녔다. 마치 이 짧은 문장 안에 내 영혼이 갇혀
버린 느낌이었다. 눈앞에는 화려하면서도 오래된 도
시의 풍경이 펼쳐져 있지만, 아무리 애를 써도 그 세
계에 속해 있다는 느낌을 가질 수 없었다. 타인의 언
어도, 나 자신의 언어도 제대로 이해하지 못하던 그
시절, 나와 세계 사이에는 투명하고 거대한 유리벽
이 서 있었다. 선명하게 보이는 거리들, 집들, 사람
들 사이로 나는 결코 끼어들지 못했다. 정말로 지면
위의 허공을 걷고 있는 것처럼, 가난과 절망조차 모
두 비현실적으로 느껴지던 이국에서의 시간. 참을
수 없던 그 비존재감.

그런데 도망치듯 빠져나온 또 다른 한 세계, 통
제와 권위와 편견으로 가득 차 있어 한동안은 기억
조차 나지 않을 것 같던 그 세계가 갑작스럽게 다시
내게 말을 걸어왔다. 예기치 못한 일이었다. 그 무
렵, 그러니까 1990년대 한국은 빠르게 변하고 있었

다. 대학생들이 비디오방에서 〈시민 케인〉이나 〈전함 포템킨〉을 보고 토론한다는 얘기가 들렸고, 힙합이라는 장르가 등장했다는 소식도 전해졌으며, 얼마 지나서는 『리뷰』나 『상상』 같은 문화 잡지와 『키노』라는 영화 잡지가 발간되었다는 소식도 들려왔다. 그토록 갈망했던 문화의 시대가 내가 떠나온 바로 그 자리에서 꽃피기 시작한 것이다. 나는 운동의 주역도, 변혁의 주체도 아니었지만, 먼 이국땅에서 씁쓸하고 서글프기까지 한 기억들에 시달렸다. 대학 시절 친구 몇이랑 빈 강의실에서 〈전함 포템킨〉을 보다가 갑자기 들이닥친 사복경찰들에게 쫓겨 미친 듯이 도망치던 기억, 어느 대통령 후보의 연설을 들으러 신촌 로터리를 건너다가 전경들에 붙들려 2박3일 동안 마포경찰서에 갇혀 있던 기억…. 어찌 됐든, 내가 떠나오니 세상이 바뀌기 시작했고 문화가 그리고 영화가 나의 나라에서도 삶의 중요한 영역으로 인정받기 시작했다. 어쩐지 낯선 이국땅에서도, 떠나온 고국에서도 소외당하고 있는 기분이었다. 홀로 비현실적인 존재가 되어 유령처럼 세상을 떠돌고 있는 느낌.

헐벗은 고독

그런 느낌의 한가운데에서, 자무시의 〈천국보다 낯선〉(1984)을 만났다. 고독의 끝, 절망의 끝을 달리던 시절이었다. 눈앞의 세상과 남아 있는 생 앞에서 한없이 작아져 있던 내게 안식처는 오로지 영화관뿐이었다. 당시의 파리는 영화관들을 순례하기에는 더없이 그만인 곳이었는데, 어쩔 때는 도시 전체가 크고 작은 영화관들로 이루어진 거대한 '영화 도시(ciné-cité)'처럼 느껴지기도 했다. 나는 거의 매일 영화관을 찾아 어둠에 몸을 묻고 세상으로부터 잠시나마 벗어나고자 애를 썼다.

어둠 속에 숨어 있던 내게 매일 한줄기 빛으로 다가왔던 영화들. 나는 이런저런 시대의 영화들과 이런저런 나라의 영화들에 매혹되었고, 그중에는 그 무렵에 만들어진 미국의 로드무비들도 있었다. 유럽 영화와는 스케일이 다른, 자본의 스케일을 떠나 영화 속 공간의 스케일이 다른 미국 영화들에서 잠시나마 막혔던 가슴이 뚫리는 듯한 시원함을 느꼈다. 오래전부터 품고 있었던, 로드무비에 대한 본능적인 애착 같은 것도 작동했는지 모른다.

그런데 한국에서 제때 보지 못했던, 그래서 파리의 어느 변두리 극장까지 찾아가서 본 〈천국보다

낮선)은 또 다른, 아주 낯선 영화적 경험을 안겨주었다. 뭐랄까, 헐벗은 고독이라고 할까? 아니면 고독의 추위? 영화를 보는 내내, 그리고 보고 나서도 한참 동안, 왜 그렇게 추위를 느꼈는지 모르겠다. 영화 속 주요 배경이 눈발이 휘몰아치는 클리블랜드였기 때문일지도 모르지만, 그보다는 어딜 가도 쓸쓸하고 삭막하기만 한 도시 풍경이 나를 더 춥게 만들었다. 또, 같은 공간에 있어도 서로 다른 곳에 있는 것처럼 각자 혼자인 인물들, 그리고 대화보다는 침묵이 더 많은 자리를 차지하는 그들의 관계가 내게 한기를 느끼게 했다. 그들과 함께 낡은 옷 하나만 걸치고 추운 거리에 내던져진 느낌이었다.

사실, 그전까지 내가 느낀 고독은 어쩌면 약간의 우수(憂愁) 같은 것이 끼어 있는, 정서와 감성이 다소 과하게 배어 있는 고독이었는지도 모른다. 한국을 떠나오기 전까지 프랑스에 대해 쌓아올린 얼마 안 되는 문학적, 영화적 경험이 눈앞에 펼쳐진 고풍스러운 풍경들에 막연한 기억처럼 덧씌워졌을 것이다. 또, 여름만 지나면 음울하고 습도 높은 도시로 돌변하는 파리의 날씨도 피상적으로만 느끼고 있던 멜랑콜리의 감정을 더욱 증폭시켰을 것이다. 어찌 됐든 나는 그 낯선 도시에서 약간은 감상적인 고독과 쓸쓸함에 빠져 있었다.

　하지만 〈천국보다 낯선〉을 보고 난 후, 나는 나의 고독의 실체를 다시 들여다보게 되었다. 나의 고독은 '가난'으로부터 오는 거구나. 아무것도 가진 게 없는 헐벗음으로부터 오는 거구나. 의지할 사람도, 가진 돈도, 능력도 없는 삭막한 현실로부터 오는 외로움. 멀쩡한 현실 속에서 홀로 비현실적인 존재가 되어야 하는, 어쩌면 살고 있어도 살고 있는 것 같지 않은 외로움. 나는 불현듯 나의 고독과 나의 현실에 눈을 뜨기 시작했고, 그런 계기를 만들어준 영화에 깊은 애정과 동질감을 품게 되었다. 춥고 가난했던 이십대 후반, 낡았지만 몸에 꼭 맞는 외투처럼 영화가 그리고 고독이 항상 내게 붙어 다녔다.

방황하는 내국인

　헝가리계 이민자인 윌리는 뉴욕 빈민가의 낡고 비좁은 아파트에 산다. 어느 날 헝가리에서 사촌 에바가 찾아와 그의 집에 열흘간 머무는데, 윌리는 함께 있는 시간을 불편해하지만 막상 그녀가 떠나자 허전함을 느낀다. 1년 후, 윌리는 도박에서 딴 돈으로 친구 에디와 함께 무작정

에바가 있는 클리블랜드를 향해 떠난다. 그녀는 그곳에서 핫도그 가게 점원으로 일하며 무료한 나날을 보내고 있었고, 두 사람을 만나자 어디로든 데려가 달라고 한다. 세 사람은 즉흥적으로 플로리다로 떠나는데, 도착하자마자 윌리와 에디가 개경주로 돈을 다 날려 여행이 틀어지기 시작한다. 두 사람은 경마에서 다시 돈을 벌어오지만, 그사이 에바는 우연히 큰돈을 얻게 되어 혼자 공항으로 떠난다. 윌리는 뒤늦게 그녀를 붙잡으려 공항으로 달려가 부다페스트행 비행기에 오르고, 그를 기다리던 에디는 두 사람이 함께 떠났다고 생각하며 뉴욕으로 돌아간다. 그리고 출국을 포기하고 다시 플로리다의 숙소로 돌아온 에바는 텅 빈 방 안에 혼자 남는다.

영화는 이렇게 시종일관 세 남녀의 엇갈리는 관계를 보여준다. 미국 태생이건, 이민자이건 그들은 모두 이방인이며 서로에게도 철저히 타자다. 꿈도, 희망도 없는 세 남녀와 그들만큼 쓸쓸하고 황량한 미국의 풍경들.

영화에서 자무시는 미국의 로드무비에 대한 애

정을 숨김없이 드러낸다. 대사나 미장센, 에피소드 설정 등에서 기존의 로드무비들에 대한 오마주를 표하려는 의도가 역력하다. 가령, 마지막 시퀀스에서 오해로 인해 윌리가 에바 대신 비행기를 타고 부다페스트로 떠나는 설정은, 한 히피 청년이 입대한 친구의 밀회를 위해 머리를 깎고 친구 대신 잠시 군대에 들어갔다가 갑자기 베트남 비행기에 몸을 싣는 영화 〈헤어〉(밀로시 포르만, 1979)의 라스트신을 상기시킨다. 더불어, 자무시는 절친이었던 뉴욕의 재즈 색소포니스트 존 루리에게서 기막힌 연기를 이끌어낸다. 국적을 알 수 없는 독특한 외모와 껄렁껄렁한 태도, 짧게 끊어지는 말투 등 루리는 뉴욕 빈민가의 백수를 완벽하게 연기해냈고, 그 인연으로 자무시의 〈다운 바이 로〉(1986)에서는 당대 최고의 싱어송라이터인 톰 웨이츠와 매력 넘치는 듀오 연기를 선보이기도 한다.

하지만 그럼에도, 영화 〈천국보다 낯선〉은 전체적으로 볼 때 벤더스식 로드무비의 자장(磁場) 안에 머무르고 있다. 잘 알려진 것처럼, 벤더스의 〈사물의 상태〉 촬영 당시 스태프로 일했던 자무시는 영화를 찍고 남은 35mm 필름들을 모아 30분짜리 단편영화 〈신세계〉를 만들었고, 반응이 좋자 거기에 한 시간 분량의 내용을 덧붙여 장편 〈천국보다 낯선〉을 완성했다. 벤더스의 영화들처럼, 이 영화도 장르상 로드무비이면서 동시에 전통적인 로드무비의 관습에서 많이 벗어나 있다. 여행은 그 목적도 불분명하지만 인물들에게 아무런 성장도, 깨달음도 가져다주지 못하고, 인물들 사이의 관계는 조금도 나아지는 게 없으며, 공간은 이곳이나 저곳이나 다 비슷하고 평범하다.

다행히, 자무시는 빠르게 그리고 현명하게 벤더스의 그림자에서 벗어난다. 후속작 〈다운 바이 로〉는 영화 후반 주인공들의 탈주를 다루고 있지만, 그보다는 밑바닥 삶의 막막함과 고독을 독특한 감각으로 그려내 호평을 받았다. 또, 〈데드맨〉(1995)은 로드무비 형식을 갖추고 있으면서도 일종의 '영화-시(詩)'라 할 수 있는 새로운 장르를 개척했으며, 〈지상의 밤〉(1991) 역시 〈택시 드라이버〉의 변주곡 같은 형식적 스타일을 넘어 그만이 보여줄 수 있는 독특한 도시적, 현대적 감성을 담아냈다. 그리고 〈커피와 담배〉(2003)나 최근작 〈패터슨〉(2016)에서 확인할 수 있듯이, 소외된 이들이나 주변부 삶에 대한 그의 세심한 관찰은 시간이 흐를수록 일상의 소소한 사물과 공간에 대한 애정 어린 시선으로 발전하고 일상성에 대한 애틋한 찬미로 이어진다.

특히, 벤더스의 로드무비들이 어딘지 모르게 국외자의 정서를 담고 있다면, 자무시의 로드무비들은 철저하게 내국인의 정서에 주목한다. 내국인을 다루든 외국인을 다루든 벤더스의 영화가 언제든 이곳을 떠날 수 있는 '외부자'의 내면을 탐색하는 데 치중한다면, 자무시의 영화는 같은 이방인을 다루더라도 자신의 나라와 자신이 자란 곳에서조차 끊임없이 소외되는 이들, 그래서 어쩔 수 없이 자국 내에서 방랑해야 하는 '내부자'의 내면을 표현하는 데 주력한다. '방황하는 내국인'의 정처 없는 유랑이야말로 자무시의 로드무비를 특징짓는 핵심 요소인 것이다.

자무시의 영화 덕분에 나는 소위 '뉴욕의 인디 영화'에 깊은 애정을 갖게 되었고 그중 다수가 이 같은 내국인의 방황을 다루고 있다는 것도 알게 되었다. 또, 1990년대 전반이 미국 독립영화의 전성기이기도 하지만, 메이저와 마이너의 구분을 넘어 로드무비의 중흥기였다는 사실도 알게 되었다. 데이비드 린치의 〈광란의 사랑〉(1990), 구스 반 산트의 〈아이다호〉(1991), 리들리 스콧의 〈델마와 루이스〉(1991), 할 하틀리의 〈심플 맨〉(1992) 등. 그런데 나중에 다시 얘기하겠지만, 이 시기의 미국 로드무비들에서 묘사되는 내국인의 방황은 그렇게 낯선 것이 아닌지도 모른다. 우리는 오래전부터, 그러니까 '주말의 명화'나 '명화극장'의 브라운관을 차지하던 고전 할리우드 영화들에서부터 이미 그 전조를 보았는지도 모른다.

그토록 매혹적인 암전

〈천국보다 낯선〉이 세상에 나왔을 당시, 많은 이들을 당황케 한 것은 영화 내내 수도 없이 나타나는 암전이었다. 잊을 만하면 나타나는, 때로는 1, 2분 만에 때로는 4, 5분 만에 등장하는 암전은 1, 2초씩 지속되면서 영화의 리듬을 수시로 끊어먹었고, 가뜩이나 몰입하기 힘든 영화를 더욱 관람하기 어렵게 만들었다. 하지만 반대로, 이 암전에 거의 카타르시스 같은 매혹을 느끼는 이들도 있었다. 그 자체로 거의 전무후무한 시도인 탓도 있었지만, 시도 때도 없이 찾아오는 그 먹먹한 단절에 깊은 동질감을 느끼는 이들이 분명 존재했던 것이다. 나로 말하면 후자였다.

영화의 암전은 보는 이에 따라 다양한 방식으로 해석되었고 다양한 의미로 받아들여졌다. 누구에게는 현대인들이 인간관계에서 느끼는 단절감, 그러니까 인간 사이의 소통의 부재나 불가능성을 나타내는 것이었고, 다른 누구에게는 그냥 한 개인이 일상 생활에서 느끼는 막연한 막막함 같은 것으로 다가왔다. 영화를 좀 더 좋아하는 이들에게는 암전이 무성영화에 대한 감독의 애정과 향수로도 비쳤다. 오래 전 영화들에서 인물들의 표정과 행동 사이사이에 끼어 있던 화면, 시적으로 압축된 대사나 지문이 새겨져 있던 그 까만 화면을 떠올리게 한 것이다. 또, 어떤 이들에게 이 침묵에 싸인 암전은 무거운 현실 앞에서의 '할 말 없음'을 가리키는 것이기도 했다. 나의 눈높이를 훨씬 넘어서는 거대한 현실의 벽 앞에서, 혹은 가까이 있어도 멀리 떨어져 있는 것처럼 아득하기만 한 세상의 풍경들 앞에서 느끼는 무력감이 암흑으로 시각화된 것이라 여겨졌다.

영화 중간, 윌리와 에디가 차를 타고 이동하는 장면들을 잠시 떠올려보자. 자동차 창유리 밖으로 보이는 세상은 온통 희뿌옇고 흐릿한 이미지일 뿐이다. 영화의 시간적 배경은 분명 동시대(1980년대)인데, 흐릿한 대기 너머로 삭막한 공장들과 텅 빈 거리만이 번갈아 나타나는 모습은 마치 1920년대 대공황의 미국을 보는 듯하다. 가난한 이민자나 주변인들에게 비친 미국의 모습은 그때나 지금이나 쓸쓸하고 생기 없는 장소인 것이다. 답답하고 무기력하지만 달리 어찌해볼 도리도 없는 이들. 암전 같은 단절을 매일, 어쩌면 매 순간 뼛속 깊이 느끼며 사는 이들. 한곳에 머물러 있든, 이곳에서 저곳으로 이동하든, 하루하루를 간신히 넘길 수밖에 없는 떠도는 삶. 그리고 그 모든 것으로부터 밀려드는 고독, 외로움.

그 어떤 로드무비도 아닌, 오직 자무시의 로드무비만이 그것을 담아낼 수 있었다. 이 영화와 함께 자무시는 서른을 넘겼고 이후 다양한 갈래로 자신의 영화를 발전시켜갔지만, 다시는 이런 고독의 세계로 돌아오지 않았다. 그것은 오직 청춘에서만 느낄 수 있는 고독, 삶의 끝이 아직 멀었음에도 이미 벼랑 끝에 내몰려 있는 청춘만이 혹은 그런 감정에 사로잡혀 있는 청춘만이 느낄 수 있는 고독이기 때문이다.

성년은 미성년이 되고 싶어 한다

—〈백색 도시〉 그리고 리스본

리스본에 대한 기억

오랫동안 포르투갈은 나에게 미지의 나라였다. 그냥 가보지 못한 게 아니라 아예 몰랐고, 대학을 졸업할 때까지도 내가 아는 거라곤 '검은 표범'이라 불리던 축구선수 에우제비오(실제로 그가 경기한 걸 본 적은 없다)와 영화 〈리스본 특급〉(장피에르 멜빌, 1971)을 통해 친근하게 느껴진 수도 리스본뿐이었다(영화에는 리스본이 한 번도 등장하지 않는다).

유학 시절, 프랑스에 유독 포르투갈 출신 이민자들이 많다는 사실과 그들 대부분이 주방 보조나 가사도우미, 청소부 등 저임금 노동에 종사한다는 사실을 알게 되었고, 사라마구와 몇몇 포르투갈 작가들의 소설을 읽었으나 그다지 흥미를 느끼지는 못했다. 그러다가 올리베이라의 영화들을 보면서 다른 유럽 나라들과 차별되는, 무언가 분명하게 다른 정서가 있다는 걸 어렴풋이 깨달았고, 페소아의 시와 타부키의 글을 읽으면서 어느 문화와도 비교할 수 없는 포르투갈 문화만의 독특한 매력을 발견하게 되었다. 하지만 내가 포르투갈과 리스본을 방문하고 싶은 열망에 사로잡히게 된 것은 조금은 다른 이유에서였다.

우선은 포르투갈 집주인 아저씨. 대부분의 유

학생처럼, 나는 유학 기간 내내 집 문제에 시달렸다. 집을 구하기도 어려웠지만, 집에서 나가는 것도 결코 쉬운 일이 아니었다. 보통 월세 계약을 할 때 각종 보증서류를 준비해야 할 뿐 아니라 두세 달 치 보증금을 집주인에게 따로 내야 했는데, 계약이 끝나고 나올 때 이 보증금을 그대로 돌려주는 주인은 거의 없었다. 못 자국이나 가구 또는 카펫의 마모 상태를 꼬투리 잡아 보증금을 삭감하기 일쑤였고, 심한 경우 아예 한 푼도 돌려주지 않는 이들도 있었다.

유학 중반쯤 아내와 나는 새로운 월세 집을 구하기 위해 전전긍긍하고 있었는데, 우연히 동네 벼룩시장 신문에서 최적의 조건을 갖춘 집을 발견했다. 전화를 하자마자 집주인은 자신이 운영하는 파리 교외의 포르투갈 식당으로 우리를 불렀고, 한가해 보였지만 몹시 바쁘다는 듯한 표정으로 신원증명서와 두 달 치 보증금만 확인하고 쿨하게 계약서에 사인해주었다. 이 예기치 않은 행운에 감사해하며 1년 남짓 잘 지내다가 갑작스러운 사정으로 급히 집을 떠나게 되었는데, 이때도 그 통통한 몸매에 인상 좋은 포르투갈 아저씨는 상기된 얼굴로 나타나서 집을 한번 휙 둘러보고는 바지 주머니에서 현금 뭉치를 꺼내 쥐여준 뒤 황급히 사라져버렸다. 언제 인연이 되면 또 만나자는 짧은 인사와 수줍은 미소를 남기고.

　　다음으로는 영화 〈백색 도시〉(알랭 타네, 1983)와 〈리스본 스토리〉(빔 벤더스, 1994). 포르투갈 감독이 아니라 외국 감독이 리스본을 배경으로 만든 영화들이지만, 어쩌면 그래서 더 이해하기 쉬웠는지 모르겠다. 두 영화의 성격은 많이 다르지만, 둘 모두에서 리스본은 잃어버린 과거가 그대로 남아 있는 도시로 등장했다. 가난하지만 따뜻한 정서가 흐르고 낡고 허름하지만 아름다운 매력이 넘치는 도시. 두 영화에서 주인공들은 자신의 정체성을 찾아 헤매거나 영화의 본질을 좇아 방황하는데, 그런 그들에게 리스본은 문명 너머의 세상 혹은 세계의 기원 같은 느낌으로 다가왔다. 물론 여기에는 외부인의 시선이라는 일종의 필터가 개입되어 있겠지만, 어쨌거나 나는 리스본에 대한 외부인들의 동경과 판타지에 설명할 수 없는 강한 공감을 느꼈다. 나도 모르는 사이에, 리스본은 언젠가 한 번은 방문하고 싶은 도시, 아니 언제가 한 번은 가서 살아보고 싶은 도시가 되었다.

세상이 거꾸로 돌아가고 있잖아요

영화가 시작되면, 희뿌연 안개 속에서 커다란
선박이 낮고 긴 뱃고동 소리와 함께 서서히
모습을 드러낸다. 곧이어, 선체 안에서 분주히
기계를 다루는 한 남자의 모습과 리스본 항구로
들어오는 선박의 모습이 차례로 이어진다.
도시에 내린 남자는 어느 호텔에 묵게 되고 그곳
바에서 일하는 포르투갈 여인 로사와 사랑에
빠진다. 스위스에서 건너온 선박 기계공 폴에게
과거의 모습을 그대로 간직한 리스본은 유럽이
아닌 어느 다른 대륙의 도시처럼 낯설면서도
경이롭다. 그는 그곳에 완전히 빠져들며 날마다
먹고 마시면서 아무것도 하지 않는 삶을
실천한다. 하지만 비현실적인 시간은 그리
오래가지 못하고, 차츰 불행이 다가온다. 어느
날 폴은 도시 부랑아들의 칼에 찔려 몇 주를
병원에서 보내게 되고, 그사이 로사는 그가
자신을 버렸다고 오해하며 프랑스로 떠나버린다.
그는 헛되이 그녀의 흔적을 쫓아 돌아다니다가
결국 포기하고 리스본을 떠난다.

〈백색 도시〉에서 리스본은 줄곧 '과거'의 표상처럼 묘사된다. 폴은 배에서 내리자마자 도시를 돌아다니며 거의 환희에 찬 미소를 짓는다. 칠이 벗겨진 낡은 건물들과 집집마다 널어놓은 빨래들, 자동차 한 대가 겨우 지나갈 만한 비좁은 도로들과 그 도로를 잘도 돌아 나가는 노란 전차, 그리고 끝없이 이어지는 언덕들. 영화의 시간적 배경은 분명 동시대(1980년대)지만, 영화 속 리스본의 모습은 마치 세계대전 이전이나 19세기 말로 거슬러 올라가 있는 듯하다. 영화 초반 폴은 호텔 바에서 벽시계가 거꾸로 돌아가는 걸 발견하고 재미있어하는데, 종업원 로사는 그에게 "시계는 잘 돌아가고 있어요. 세상이 거꾸로 돌아가고 있잖아요"라고 말하기도 한다.

또한 폴에게는 로사라는 리스본 여인 자체가 과거 혹은 문명 이전의 상징이다. 영화에 여러 번 나신으로 등장하는 그녀의 탄력 있고 건강한 몸은 아름답다기보다는 어딘지 자연과 원시의 생명력을 닮았다. 그녀와의 첫 정사에서 그는 한참 동안 그녀의 음부에 얼굴을 파묻은 채 머물러 있는데, 마치 그녀를 통해 세상의 기원이나 생명의 근원으로 돌아가고 싶은 듯한 인상을 준다.

그는 슈퍼 8mm 비디오카메라로 자주 리스본

의 거리와 사람들 그리고 로사의 모습을 담는다. 거칠고 흐린 입자의 영상들은 영화사 초기의 영화 이미지들을 상기시킬 뿐 아니라 현대 문명이 시작되기 이전의 어느 시대를 가리키는 듯하다. 리스본에서 바라보거나 마주치는 모든 것들이 마치 먼 과거의 어느 시점에서 일어나고 있는 듯한 느낌을 만들어내고 있는 것이다.

아홀로틀의 꿈

리스본에 머무른 지 얼마 지나지 않아, 폴은 스위스에 있는 그의 또 다른 연인에게 편지를 쓴다. 배를 떠나서 도시로 들어와 방을 빌려 머무르는 꿈을 꾸었다고. 그 도시는 백색이었고, 방도 백색이었으며, 고독과 절망도 모두 백색이었다고. 그는 그렇게 리스본에서의 시간을 모두 꿈이라 여기며 그 감정을 솔직하게 연인에게 전한다. 그리고 텅 빈 방 안에서 혼잣말로 덧붙인다. 아무것도 하지 않을 거라고. 무언가를 계획하고 실행해야 하는 휴가의 시간이 아니라, 정말로 아무것도 하지 않는 시간을 보낼 거라고.

얼마 후, 남자의 이상한 체류에 불안을 느낀 로사가 당신의 정체가 뭐냐고 묻자, 그는 대답 대신 누군가 자신을 가리켜 아홀로틀 같다고 말한 이야기를 들려준다. 멕시코 호수에서만 사는, 우리에게는 '우파루파'라는 이름으로 더 잘 알려진 그 신비스러운 동물 말이다. 아홀로틀은 본래 도롱뇽의 올챙이지만, 성체로 변태할 수 없고 어린 모습 그대로 성장해서 살다가 죽는다. 스위스의 연인은 폴에게 어느 책에 실린 은유적 설명을 알려주는데, 신화적으로 '살라망드르'(불도마뱀)의 올챙이라 여겨지는 아홀로틀은 그 절대적 무관심과 고요함으로 시간과 공간을 무화시키는 동물이다. 또 정지된 듯한 부동(不動)의 삶을 통해 완전한 자유를 얻는 존재이다. 리스본에서 폴은 자신을 영원한 미성체인 아홀로틀과 동일시하려 한다. 성체로서의 삶을 거부한 채, 아무 목적도 갖지 않고 아무것도 하지 않으면서 정해진 삶의 길에서 벗어나 삶의 틀 자체를 무너뜨리려 하는 것이다.

이러한 폴의 시도에는 감독인 알랭 타네의 영화적 도정이 겹쳐 있다. 1960년대 누벨바그의 열풍 속에서 스위스의 독립영화를 이끌었던 타네는 변화와 혁명을 믿은 젊은 영화인이었다. 그가 만들었던 저예산 영화들은 소박했지만 신선했고, 단순함 속에서도 자신과 세계에 대한 믿음이 도드라져 보였다. 하지만 1970년대에 들어 그의 영화는 방향을 선회한다. 68혁명의 실패에 따른 좌절과 환멸이

주된 주제가 되며, 가속화되는 신자본주의의 지배와 무기력한 개인들에 대한 냉소가 영화 전체에 넘쳐흐른다. 〈불도마뱀〉(1971), 〈세상의 복판〉(1974), 〈2000년에 스물다섯 살이 되는 요나〉(1976) 등에서 볼 수 있듯이, 주인공들은 혁명의 실패를 인정하지도 부인하지도 못하는 우유부단한 지식인이거나 소시민들이며, 깊은 자기모멸 속에서도 아직은 신념을 버리지 않고 있다. 그러나 1980년대 들어 타네의 영화는 또다시 변화하고, 골치 아픈 설교들과 답답하기만 한 자조가 사라지기 시작한다. 자신에 대한 믿음마저 완전히 증발했기 때문이다. 받아들일 수 없는 것은 세계와 타인일 뿐 아니라 '나' 자신이기도 하다. 나는 그 누구보다 위선적이며 속물적이고 무기력하고 나약하다. 〈백색 도시〉에서 구현되는 리스본으로의 도피는 그러므로 유럽이라는 세계뿐 아니라 나 자신으로부터의 도피이다.

　　영화의 시간이 흐를수록, 폴은 여러 난관에 부딪히지만 악착같이 리스본에 머무르면서 삶의 무화(無化)를 시도한다. 돈이 떨어져도, 강도를 당해도, 갖고 있던 모든 것을 내다 팔면서 아무 일도 하지 않은 채 계속 그곳에 머무르려 한다. 그는 자신의 삶을 무화시킬 수 있는 도시로 리스본을 선택한 것이다. 그런데 다시 말하면, 리스본은 그에게 아무런 의미도 없는 무명(無名)의 도시일 수 있다. 다른 유럽의 도시들과 다른, 홀로 떨어져 과거에 머물러 있는 듯한 모습이 매혹적이긴 하지만, 그런 건 전혀 중요하지 않다. 여전히 그에게 중요한 것은 오로지 자기 '자신'이기 때문이다. 자기혐오에서건 자기연민에서건, 그는 자신의 삶을 지우기 위한 단 하나의 이유로 그 도시에 머무르려 한다. 영화 처음에 등장했던 것처럼, 리스본은 그에게 그저 하얀 안개 속에 잠겨 있는 도시, 눈에 보이는 그 무엇도 의미를 갖지 못하는 '백색 도시'일 뿐이다.

나의 유일한 나라는 바다

그 때문인지, 리스본 사람들은 폴에게 그리 관대하지도, 친절하지도 않다. 관심 자체를 두지 않으며 더러는 공격적이기까지 하다. 심지어 백주 대낮에 골목에서 강도를 당하기까지 하는데, 청년들은 그를 쓰러뜨려 지갑을 뺏은 후 경멸하는 듯한 표정으로 그에게 침을 뱉고 달아난다. 연인 로사도 결코 그의 말을 믿지 않으며 언젠가 그가 이곳을 떠날 거라 확신한다. 그들의 눈에 그는 단지 낯선 도시에서 일시적인 일탈을 즐기는 한가로운 '이방인'일 뿐이다. 폴조차도 스스로에 대한 불신을 떨치지 못하는데, 한편으로는 리스본에서 아무것도 하지 않으며 자신의 삶을 무화시킬 수 있다고 믿지만, 다른 한편으로는 자신을 "진실한 사람이 되고픈 거짓말쟁이"라고 부르기도 한다. 영화 후반, 자신의 모습을 비추는 거울을 향해 빈 병과 물건들을 던지는 행위는 극에 달한 자기혐오의 일면을 보여준다.

로사가 떠나고 더 이상 돈을 마련할 방편도 없게 되자, 그는 결국 리스본에 머무르는 것을 포기한다. 스위스의 연인은 마지막 편지에서 지금 당장 돌아오거나 아예 돌아오지 않는 것, 둘 중의 하나를 선택하라고 종용한다. 그는 대답 대신 그가 찍은 비디오테이프를 보낸다. 아무 말도 없는 그 영상에는 단지 리스본의 소박한 풍경들과 하염없이 일렁이는 바다의 모습만이 담겨 있을 뿐이다. 그리고 리스본을 떠나는 기차역에서 그는 주변 사람에게 펜과 종이를 빌려, 자기 자신에게 혹은 그녀에게 이렇게 적는다. "나는 다시 수면 위로 떠오르고 있어. 로사는 떠났고 나는 어디로 가야 할지 모르겠어. 내가 정말 사랑하는 유일한 나라는 바다야."

그는 다시 수면 위로 떠오르겠지만, 즉 문명 세계로 돌아가겠지만 물속 세계에 대한 기억을 간직하며 살아갈 것이다. 그가 미성체로 지낼 수 있었던 세계, 아무것도 하지 않는 고요 속에서 잠시나마 머무를 수 있었던 도시에 대한 기억. 그리고 단지 기억 속에서 살아갈 뿐 아니라, 그 기억으로 인해 스스로 변해갈 것이다. 영화의 라스트신이 그것을 암시한다. 리스본을 떠나는 기차 안에서 그는 젊은 포르투갈 여인과 마주 앉는데, 서로 눈길을 주고받던 중 청순한 그녀의 얼굴이 갑자기 거칠고 흐린 슈퍼 8mm 비디오 이미지로 나타난다. 어느새 그는 비디오카메라의 도움 없이도, 세속화된 문명 세계에서 무언가 다른 것을 알아보는 눈을 갖게 된 것이다. 그는 문명인의 삶으로 돌아가지만, 그 안에서 자신만의 아홀로틀을 지키며 '다르게' 살아갈 힘을 얻었는지 모른다.

저마다의 리스본

리스본에 대한 동경이 차오르고 있던 때, 가까운 후배에게 리스본 여행을 추천한 적이 있다. 그곳에 가면 우리가 알던 유럽과는 전혀 다른 세상이 펼쳐져 있을 거라고 열변을 토하기까지 했다. 당시 한창 열애 중이던 후배는 정말로 자신의 연인과 함께 리스본으로 떠났다. 가난한 유학생이었던 그들은 가장 저렴한 교통수단인 여행사 버스를 타고 파리를 출발해 40여 시간 만에 리스본에 도착했다. 한여름 무더위 속을 걸어 호텔에 도착한 두 사람은 인상 좋은 포르투갈 주인 앞에 가방을 내려놓고 체크인을 요청했다. 그런데 기계적으로 그들의 여권을 받아든 호텔 주인의 얼굴이 갑자기 굳어지기 시작했다. 그리고 주변 사람들에게 수상한 신호를 보냈다. 호텔 밖에서부터 사람들이 몰려들자, 그는 포르투갈어를 몰라도 충분히 알아들을 수 있는 말로 소리쳤다.

"얘네 한국 사람들이야!"

"뭐, 한국인? 무슨 용기로 이 나라에 왔지?"

2002년 8월의 일이었다. 후배 커플이 도착하기 며칠 전, 한국은 월드컵 본선 토너먼트에서 피구가 이끌던 강호 포르투갈에 승리했고 그 결과 포르투갈 선수들은 16강에 오르지 못하고 짐을 싸야 했다. 후배의 증언에 따르면, 포르투갈 사람 중에서 그 경기가 공정하다고 믿는 사람은 아무도 없었다. 다행히 후배 커플은 험악한 분위기 속에서 겨우겨우 수속을 마치고 방에 올라갔는데, 고장 때문인지 아니면 다른 어떤 이유 때문인지 그날 밤 늦게까지 샤워기 물이 나오지 않아 땀에 전 상태로 리스본에서의 첫날밤을 보내야만 했다.

후배의 얘기를 들으며 나는 두 사람을 사지에

몰아넣었다는 사실에 당혹감을 감추지 못했다. 머릿속에선 쿨하고 친절했던 포르투갈 집주인 아저씨의 포동포동한 얼굴이 맴돌았고, 〈백색 도시〉와 〈리스본 스토리〉에서 보았던 소박하고 아름다운 리스본의 풍경들이 아른거렸지만, 역시 현실은 내가 알 수 없는 거라고 생각했다.

후배의 일이 있은 뒤, 나는 리스본을 두 번 찾았는데, 그때마다 리스본은 나에겐 세상 어느 곳과도 비교할 수 없는 최고의 도시였다. 나 또한 외부인의 판타지라는 필터를 끼고 바라보았겠지만, 모든 것이 가슴 저미도록 아름다웠고 도착한 첫날부터 떠날 날을 걱정하며 이별의 아쉬움에 시달리기도 했다. 아마도 그사이 내가 접하며 쌓아두었던 약간의 문화적 경험들, 가령 페소아의 시, 타부키의 소설, 코스타의 영화 같은 것들이 조금은 영향을 미쳤을 것이다.

누구에게나 저마다 인연을 지니고 있는 도시가 있다. 사람과 사람 사이에 인연이 있는 것처럼, 도시와 사람 사이에도 수없는 우연과 이런저런 필연이 엮이고 엮여 어떤 인연이 생겨난다. 리스본의 거리를 걸을 때마다, 후배의 일화와 영화의 이미지들, 시와 소설의 문장들이 머릿속에서 혼란스럽게 교차했지만, 나는 그 모두로 인해 나와 도시 사이에 단단한 인연의 끈이 맺어졌다고 믿기로 했다. 언젠가는 꼭 오랫동안 살아보리라 다짐하면서.

전차들이 지나가는 금속성 딸랑거림은 얼마나 인간적인가!

암흑의 심연에서 부활하여, 소박하게 비를 맞고 있는 거리 풍경은 얼마나 즐거워 보이는가!

오 리스본, 나의 고향이여!

_페르난두 페소아, 『불안의 서』

센 강변의 산책과 하바나 해변의 즉흥 연주

—파리의 〈부에나 비스타 소셜 클럽〉

외할아버지 댁 옥상

어릴 적, 외할아버지 댁 옥상은 우리 형제들의 환상적인 놀이터였다. 외할아버지 댁은 지금은 서울의 핫플레이스가 된 한적한 동교동 주택가에 있었고, 기와지붕 대신 평평한 시멘트 옥상을 올린 꽤 큰 양옥 이층집이었다. 명절을 포함해 1년에 겨우 몇 번 방문하는 정도였지만, 외할아버지 댁에 갈 때마다 나는 동생들과 사촌동생들을 데리고 넓은 옥상에 올라가 술래잡기나 땅따먹기, 다방구 등을 하며 시간 가는 줄 모르고 놀았다. 그러다 해가 질 때쯤이면 노는 걸 멈추고 벤치에 앉아 먼 하늘을 가로지르는 비행기들을 바라보곤 했다. 김포공항에서 날아오르거나 그곳으로 내려오는 비행기. 해외를 자주 다니던 부모님 덕분에 왠지 친숙했던, 하지만 어린 우리들에게는 다른 세상의 일부로만 보였던 그 풍경. 주변에 높은 건물이 없었던 덕에 외할아버지 댁 옥상은 노을을 배경으로 이동하는 비행기를 구경하기에는 그만인 장소였고, 나는 그 이미지에 내가 읽은 모든 책의 이야기들을 더하며 비행기를 타고 먼 곳을 누비는 꿈을 키워갔다.

파리 그리고 비행기의 악몽

세월이 흐른 후, 그 꿈은 단번에 깨어져버렸다. 이십대 중반에 유학을 떠나면서 처음 비행기를 탔는데, 열두 시간의 비행은 그 자체로 끔찍한 고통이었다. 그때만 해도 집안에서 유학 가는 사람이 있으면 온 식구가 공항에 마중 나오는 분위기였고, 나는 외할머니, 외삼촌, 이모를 포함해 훌쩍거리는 어린 사촌동생의 배웅까지 받으며 비행기에 올랐다. 하지만 긴장과 설렘 그리고 약간의 흥분은 두어 시간 만에 산산조각 나버렸다. 내게 일종의 폐쇄공포증이 있다는 걸 나 자신도 모르고 있던 것이다. 나는 이내 좁은 좌석에 숨이 턱 막혔고, 서너 시간이 흐른 후부터는 아예 비행기 뒤편으로 가서 착륙할 때까지 줄곧 서 있어야 했다. 한 시간이 하루 같은, 그야말로 악몽 그 자체였다.

그 후로 비행기 여행은 내게 무한한 인내를 요구하는 고행의 시간일 뿐이었다. 차츰 나아지나 싶다가도, 어쩌다 복도 자리를 놓쳐 창가 자리나 가운데 자리에 앉으면 끔찍한 시간을 견뎌내야 했다. 특히, 유학 말기 경비를 절약하기 위해 두 번 경유해 파리로 가는 외국 항공편을 이용한 적이 있는데, 싱가포르에서 떠나는 세 번째 비행기에서 열세 시간

동안 커다란 덩치의 두 서양인 사이에 끼여 가는 바람에 완전히 실신하고 말았다. 공항에 내려서도 한동안 정신을 차리지 못했고, 공부만 끝나면 다시는 이 나라를 찾지 않을 거라 다짐하면서 간신히 몸을 추슬렀다.

인생은 그나마도 뜻대로 흘러가지 않았다. 공부를 끝내고 한국으로 돌아갔지만, 어쩌다 보니 나는 또 다른 공부를 위해 해마다 서울과 파리를 오가고 있었다. 시간과 언어를 저당 잡힌 채 수행해야 했던 두 번째 공부는 첫 번째 공부와는 비교할 수 없을 정도로 힘들었고, 누구에게도 설명할 수 없는, 누구도 이해할 수 없는 인고의 시간을 보내야 했다. 그리고 불행히도, 유학 시절보다 더 자주 비행기를 타야 했다. 최소 10년은 프랑스 근처에도 가지 않겠다고 맹세했건만, 1년에도 두어 번씩 그곳을 향하는 비행기에 몸을 싣게 된 것이다.

그런데 어느 순간부터 예기치 못한 현상이 나타나기 시작했다. 시간이 지날수록, 그러니까 서울-파리 간 비행기를 타는 횟수가 늘어갈수록 조금씩 비행이 편해지기 시작한 것이다. 도무지 집중할 수 없었던 작은 모니터 속의 영화들을 흥미롭게 보기 시작했고, 습관적인 두통도 차츰 약해져갔다. 또 해를 거듭할수록 비행기 후미에 서서 보내는 시간이 줄어들어, 3년쯤 지나자 화장실 가는 경우를 제외하고는 한 번도 일어나지 않은 채 쭉 앉아서 여행할 수 있게 되었다. 그리고 마지막 해에는, 아예 비행기에서 내리기 싫어졌다. 지상에 내리는 순간 내가 맞닥뜨리고 해결해야 할 온갖 숙제들 때문에, 착륙이 가까워질수록 초조해지고 가슴이 막혀왔다. 그냥 비행기에서 주는 밥과 간식을 먹으며, 때 되면 자고 때 되면 일어나 영화를 보면서, 그렇게 영원히 앉아 있고 싶었다. 발밑에 펼쳐진 대지는 투쟁과 수난의 땅으로만 여겨졌고, 알 수 없는 높이에 떠 있는 비행기의 좁은 실내가 더할 수 없이 평화롭고 안락한 공간처럼 느껴졌다. 오랫동안 나를 괴롭혔던 폐쇄공포증은 온데간데없이 사라졌고, 어느새 비행기는 어릴 적 동생들과 바라보며 꿈꾸었던 신비로운 대상으로, 환상적인 그 무엇으로 돌아와 있었다.

늦은 저녁, 센 강변 산책

그 무렵, 파리는 내게 창살 없는 감옥과도 같았다. 내 청춘을 바치며 숱한 좌절과 실패를 거듭한 도시, 하지만 끝내 이방인으로 살다가 물러갈 시간만을 기다리고 있는 곳. 훗날 결국 다시 그리워하게 되었지

만, 그 당시 파리는 내게 단지 생업의 현장일 뿐, 그
이상도 이하도 아니었다.

그나마 내가 누린 유일한 낙은 늦은 저녁의 센
강변 산책이었다. 마흔을 앞둔 해 여름에도 나는 두
번째 공부를 끝내기 위해 파리를 찾았고, 한 학기에
20학점 이상씩 강의하던 시간강사에서 다시 학생 모
드로 돌아와 마지막 힘을 짜내기 위해 분투했다. 보
통은 도서관에서 하루 종일 버티며 식사까지 해결했
고, 저녁이 되면 선선해진 공기를 느끼며 도시에 흩
어져 있는 작은 영화관들을 기웃거리곤 했다. 그러
던 중 센강 바로 아래 있는 작은 영화관에서 벤더스
의 〈부에나 비스타 소셜 클럽〉이 상영되고 있는 것을
발견했다. 그 후로 한 달 동안, 나는 매일 그 영화관
에 들렀고 매일 똑같은 객석에 앉아 똑같은 영화를
보면서 하루의 긴장을 풀었다.

기억에, 영화는 오후 7시 넘어 시작해 9시쯤 끝
났던 것 같다. 오래된 골목 구석에 위치해 자세히 살
피지 않으면 그냥 지나쳐버릴 작은 영화관의 문을
열고 나오면, 여름 해가 여전히 지지 않고 하늘에서
버티고 있었다. 그러면 나는 한숨을 한 번 내쉰 후
담배를 꺼내 물었고, 센강의 강둑으로 내려가서 정
처 없이 돌아다녔다. 강을 따라 발길 닿는 대로 걸었

고, 가끔은 강변 위로 올라가 이름 모를 거리들을 헤매기도 했다. 때로는 영화에서 들었던 흥겨운 멜로디를 흥얼거렸고, 때로는 영화 속 뮤지션들이 줄곧 입에 물고 있던 시가를 떠올리며 담배 하나를 더 꺼내 물기도 했다. 그러다 보면 어느새 해가 완전히 저물었고, 거리의 노란 불빛들 사이를 가로질러 집으로 돌아가곤 했다.

그래, 아름다운 건 아름다운 거였다. 그토록 떠나고 싶어 했고, 애정보다는 증오를 차곡차곡 쌓아올린 도시였지만, 어쨌거나 파리는 아름다웠다. 나에겐 그저 생계와 학업을 위한 투쟁의 공간일 뿐이라고 스스로 세뇌하며 살았지만, 마지막 순간에 파리는 그 고고한 아름다움으로 나를 위로해주었다. 저녁노을 속에서 보라, 주황, 노랑의 그림자들로 물들어가던 센강. 어둠이 완전히 내려앉아야 비로소 신비로운 모습을 드러내던 고풍스러운 건물들. 그리고 그 모든 것들에 겹쳐지던 나의 부질없고 종잡을 수 없던 상념들.

삼십대 마지막 여름

아마도 모든 것은 우연이었을 것이다. 개봉한 지 몇 년 지난 영화가 그 무렵 파리의 극장에서 재상영되었던 것도, 그해 여름 내가 머물렀던 방이 그 극장에서 그리 멀지 않았던 것도, 또 유난히 무덥고 습한 날씨가 계속 이어졌던 것도.

그때 무엇이 내 발길을 매일 저녁 그 영화관으로 이끌었는지는 지금도 모르겠다. 영화가 전설의 뮤지션들을 찾아 돌아다니는 로드무비 장르여서였을까? 말로만 듣던 동시대 쿠바의 풍경, 그러니까 칠이 벗겨진 낡은 유럽식 건물들과 한적한 거리, 가난 속에서도 어딘지 여유로워 보이는 쿠바인들의 모습을 볼 수 있어서였을까? 아니면, 아흔 살의 나이에도 로맨스를 찬양하며 여섯 번째 아이를 낳고 싶다던 멋쟁이 세군도 할아버지의 장난기 어린 미소 때문에? 어쨌거나 이십대 중반부터 삼십대 후반까지 쉬지 않고 달려온 내 인생에, 그 오랜 정신노동에 나는 지쳐 있었다. 차라리 비행기라는 하늘의 감옥을 택하고 싶을 만큼, 나는 지상에서의 삶에 질려 있었다. 어떤 이들은 이 영화를 두고 서구 자본에 의한 지역 음악의 '월드 뮤직화'라고 비판하기도 했지만, 그러거나 말거나 그때의 나는 이 영화가 주는 여유와 정서에 크게 위로받았다. 묘하게 심금을 울리는 음악과 가난하지만 담백한 삶의 모습, 그리고 낯설고 아름다운 풍광이 탈진한 나의 몸과 마음을 달래주었다. 또,

매일 저녁 반복했던 센 강변 산책과 쿠바산(産) 시가라 여기며 피웠던 골루아즈 담배 몇 대도. 때로는 이처럼 소소한 일상의 사건들에 몇 가지 우연이 더해져 인생을 구원할 수도 있다. 구원이라는 말이 거창하다면, 삶의 시간을 좀 더 긍정적인 방향으로 연장시킬 수도 있다.

시간이 흐르고 영화 속 장면들은 대부분 희미해졌지만, 한 장면만큼은 지금도 선명하게 남아 종종 눈앞에 아른거린다. 어느 흐린 날, 비가 조금씩 흩뿌리는 바닷가의 낡은 집 마당에서 세 사람이 진지한 표정으로 연주를 하고 있다. 그들 옆에선, 카리브해의 파도가 발아래까지 밀려와 부딪힌다. 타악기 두 대와 베이스 하나. 두 명은 나이 든 쿠바 뮤지션이고 한 명은 젊은 미국인이다. 그들로부터 조금 떨어진 곳에, 시가를 입에 물고 의자에 몸을 묻은 채 음악에 심취해 있는 라이 쿠더(영화의 음악감독이자 내레이터)의 모습이 보인다. 하늘을 향해 고개를 들고 살짝 미소를 머금은 그의 얼굴은 거의 황홀경에 빠진 듯하다. 몇 마디 독백이 이어진 후, 그가 덧붙인다. "이것은 평생에 한 번 겪기 힘든 귀한 경험"이라고. "나의 인생은 이것을 위해 이어져왔는지도 모른다"고. 그가 말하는 '이것'이 쿠바의 노장 뮤지션들과의 만남을 가리키는 건지, 아니면 그날 오후 바닷가에서의 그 소박한 연주를 가리키는 건지는 정확히 알 수 없다. 다만, 그 황홀한 순간의 경험이 그를 비롯한 많은 사람들의 삶에 어떤 특별한 의미를 부여해주었을 것이다. 또 어쩌면, 평생 동안 한 번 찾아올 수도 있고 그렇지 않을 수도 있는 그 비현실적인 감동에 대한 동경이 지난했던 나의 삼십대 마지막 여름을 견디게 해주었을 것이다. 매일 저녁 나를 그 작은 영화관으로 이끌면서.

세상은 유랑하는 이들의 것이 아니다

—⟨티파니에서 아침을⟩에서 ⟨믹의 지름길⟩까지

미치기 일보 직전의 평범한 미국인들

영화와 관련해 황홀하거나 충격적이거나 감동적인 경험만이 남는 것은 아니다. 가끔은 혼란스러울 정도로 낯선 관극의 경험이 가슴 한편에 남아 집요하게 나를 따라다닐 때가 있다. 내게는 〈티파니에서 아침을〉(1961)이 그랬다.

기억에, 이 영화를 세 번 정도 본 것 같다. 아주 어릴 적 TV의 '명화극장'에서 처음 봤는데, '보았다'라는 사실만 기억할 뿐 구체적인 내용이나 장면은 거의 다 잊어버렸다. 삼십대 중반쯤, 갑자기 오드리 헵번이 궁금해져서 그녀가 나온 영화들을 찾아보았고 한동안 그 아름다움과 매력에 빠져 지냈다. 그리고 몇 년 전 뜬금없이 이 영화가 다시 보고 싶어져 DVD를 찾아 틀었는데, 이번에는 기억 속 영화의 느낌과 많이 달라서 무척 놀랐다. 뭐랄까, 어딘지 어색하기도 하고 특이하기도 한. 수많은 것들이 서로 조화를 이루기도 하고 어긋나기도 하면서 다소 난삽하게 뒤섞여 있는 느낌.

영화에는 널리 알려진 장면들이 많지만, 내게 특별한 인상을 남긴 장면은 주인공 홀리(오드리 헵번) 집에서의 파티 장면이었다. 불필요하게 길고 불필요하게 과장된 그 장면은, 영화에 코믹한 성격을

가미하려 했던 감독이나 제작자의 의도를 고려한다
해도 쉽게 받아들여지지 않았다. 온갖 기이한 행동
과 엉뚱한 상황들이 이어지는 장면은 코믹하기보다
는 불편했고, 매력적이라기보다는 엉성하고 지루했
다. 그저, 시간이 지날수록 증폭되는 불안과 혼란이
스멀스멀 전해져오는 느낌이었다. 좁은 실내를 가득
메운 각양각색의 인물들은 겉으론 과장된 몸짓으로
웃거나 떠들고 있었지만, 내면에서는 모두 폭발 직
전의 비등점에 다다라 있는 것처럼 보였다. 미치기
일보 직전에 와 있는 듯한 평범한 미국인들.

　　물론 불안이 저류처럼 흐르고 있었습니다.
　_필립 로스, 『미국의 목가』

　　사실, 불안이나 혼란, 비정상은 영화사 초기부
터 수많은 미국 영화들에 나타나는 요소였다. 거의
모든 할리우드 영화들은 자신 안에 내재되어 있는
이런 문제들을 훌륭하게 해결하고 기가 막히게 매
듭지으면서 관객의 정상화 욕구를 충족시켜주었다.
마치 그 모든 불안과 혼란이 평범하고 안정적인 삶
을 더욱 공고히 하는 데 필요한 일시적인 과정인 것
처럼. 그러나 고전 할리우드 영화의 위세가 꺾이는

1950년대 중반부터 이 같은 불안과 혼란은 특별한 서사적 맥락 없이 영화 곳곳에서 불쑥불쑥 나타나기 시작한다. 정상으로 가기 위한 일시적인 시련의 단계로 삽입되는 것이 아니라, 그냥 처음부터 거기 있었던 것으로 혹은 현대의 삶에 편재해 있는 본질적인 요소로 등장하는 것이다.

순수한 내면을 지녔지만 부유한 남성들을 상대로 매춘을 하는 여성 홀리와 역시 부유한 여성에게 몸을 제공하며 생계를 꾸려가는 남성 작가 폴의 로맨스를 다룬 것만으로도 영화 〈티파니에서 아침을〉은 이미 당대 사회가 강요하는 도덕적 기준에서 한참 벗어나 있다. 또, 그런 부도덕한 남녀가 사회적으로 단죄되거나 추방되는 것이 아니라 그들만의 방식으로 사랑을 이룬다는 설정 자체도 기존 할리우드 영화의 보수적 관점과 크게 차이를 드러낸다. 다시 말해, 언뜻 사랑스러워 보이기만 하는 이 영화의 이면에서는 기존의 '정상 이데올로기'가 제대로 작동하지 못한 채 삐걱거리고 있다. 확고한 신념을 바탕으로 이루어지던 판단들이 유보되고 있고, 이유를 알 수 없는 불안과 혼란이 수면 바로 아래까지 차올라 넘실거리고 있다. 반세기 넘도록 할리우드 영화를 지배해온 확고한 법칙들이 어느 지점에서부턴가 흔들리고 있음을, 당시 가장 사랑받은 영화가 몸소 보여준 것이다.

고전 영화의 위기, 아메리칸 드림의 위기

들뢰즈는 그의 저서 『시네마 1: 운동-이미지』에서 고전 할리우드 영화가 무너지면서 나타나는 징후적 양상들을 크게 다섯 가지로 정리한다.

> 분산적 상황
> 의도적으로 미약한 연결
> 유랑-형식
> 클리셰에 대한 인식
> 음모에 대한 고발

그러니까, 거의 끝물에 다다른 고전 영화들에서는 영화적 사건들이 하나의 이야기로 통합되지 못하고 '분산적 상태'로 제시되며, 사건들을 서로 이어주거나 공간들을 접속시켜주는 '우주적 연결선'이 끊어져 있다. 또한 인물들은 상황에 대해 제대로 반응(작용 또는 반작용)하지 못하고 방황하거나 '유랑'하며, 세계를 지배하는 '클리셰들', 즉 인위적이고 상투적인 이미지들에 대해 자각하기 시작한다. 그리고 그 클리셰들의 배후에 어떤 거대한 '음모'가 도사리고 있다는 의혹이 영화 내내 확산된다. 한마디로, 인물들은 와해된 정신적, 윤리적 현실 속에서 행동의 이유를 상실한 채 의미적으로 텅 빈 공간들 사이를 끊임없이 부유하고 방황한다. 무너지고 파편화된 현실의 공간들 '사이'에서만 자신들의 존재를 확인하는 것이다.

그런데 어쩌면 고전 영화를 지배해오던 모든 법칙들, 즉 통일성, 논리성, 인과성 등은 실제로 그렇지 않은 현실을 감추기 위한 수단이었는지도 모른다. 영화가 탄생한 1890년대 후반부터 고전 영화가 퇴진하는 1950년대 후반까지, 대략 20세기 전반에 걸쳐 전 세계에서 일어난 수많은 사건들을 상기해보라. 인류가 겪었던 그 끔찍한 정신적 충격과 고통들을 떠올려보라. 현실에서 일어나는 크고 작은 사건들은 전혀 논리적이지도, 합리적이지도 않았다. 어떤 법칙으로도 수렴되지 않았으며, 원인에 따른 결과가 제대로 이어지지도 않았다. 종교로든, 이데올로기로든, 그 어떤 숭고한 가치로도 설명되지 않는 행위들과 사건들.

미국만이 이 부조리한 세계에서 한발 떨어져 홀로 도덕적이고 통일된 이상 사회를 만들어가는 것처럼 보이려 애썼으나, 그럴수록 내부의 균열과 혼란은 점점 더 악화되어갔다. 할리우드는 엄밀히 말해 꿈을 만들어내는 공장이 아니라 클리셰들을 찍어내는 공장이었고, 이런저런 세력들의 음모와 조직화를 덮을 수 있는 가짜 이미지들을 제작해내는 곳이었다. 하지만 어느 시점에서부턴가 그 화려한 클리셰들의 남발이 역효과를 내기 시작한다. 꿈과 달리, 클리셰는 유통기한이 있는 한시적 이미지이기 때문이다. 모순투성이의 현실을 덮으면 덮을수록, 그럴듯한 이미지들로 가장하면 가장할수록, 여기저기서 의혹과 불신이 튀어나왔다.

결국, 클리셰들을 보는 관객들뿐 아니라 그것을 만들어내는 제작자들조차도, 영화라는 이 공허한 클리셰들의 잔치에서 심각한 동요와 피로를 느끼기 시작한다. 언뜻 정연한 논리와 법칙에 따라 세워진 듯한 그 가상의 세계 곳곳에서 깊이를 알 수 없는 균열과 틈을 감지하기 시작한다. 아니, 이미 오래전부터 보아왔을지 모른다는 무서운 불안감에 사로잡히기 시작한다. 우왕좌왕하는 소동과 혼란 끝에 극적으로 마무리되던 코미디 영화들에서는 바로 그 '우왕좌왕'이 현실이고 진실이었음을, 권력과 힘을 지닌 자들이 폭력과 비행을 일삼다가 정의의 이름으로 처단

되는 범죄 영화늘에서는 오로지 그 '폭력'과 '비행'만이 현실이고 진실이었음을, 가난과 불합리로 점철되던 삶이 우연의 개입으로 부와 행복을 얻게 되는 모든 드라마들에서는 단지 그 '가난'과 '불합리'만이 현실이고 진실이었음을 깨닫게 된 것이다.

고전 영화의 법칙들이 본격적으로 흔들리기 시작하는 1950년대 후반 미국 영화들에서는 그래서 불안과 혼란의 상황들이 더 자주 등장하기 시작한다. 영화 말미에 상투적인 마무리로 봉합된다 하더라도 그 불안과 혼란은 관객의 머릿속에서 지워지지 않고 오랫동안 남게 된다. 사실, 영화를 만든 이와 보는 이가 영화 전체에서 진정으로 교감하는 부분은 오직 그 부분뿐이었을 것이다. 사랑의 결실도, 정의의 실현도, 진실의 승리도 아닌, 오직 혼돈의 시간들뿐.

뉴 아메리칸 시네마-로드무비

내적으로 극심하게 분열되어 있는 인물들은 한 도시에 머물든, 여러 지역을 돌아다니든 끊임없이 방황하고 방랑한다. 1940년대 후반 등장한 이탈리아 네오리얼리즘에서도 그랬고, 1950년대 후반 시작된 프랑스 누벨바그에서도 그랬다. 그리고 이들보다 더 늦게 시작된 미국의 뉴 아메리칸 시네마에서도 방황과 유랑은 숙명처럼 주어진다.

특히, 광활한 대륙으로 이루어져 있고 대규모 이주의 역사를 지닌 미국에서 유랑을 내세운 새로운 영화들은 더 적극적인 지지를 얻어낸다. 인물들의 내적 유랑은 당연한 거였고, 외적인 유랑도 짧든 길든, 거의 모든 영화에서 하나의 보편적인 현상으로 나타난다. 이 새로운 미국 영화의 주동자들이 유명무실하게 존재해오던 '로드무비'라는 장르를 하나의 매력적인 장르로 재탄생시킨 것이다. 서부로의 이동이라는 개척사를 지닌 미국인들에게 일종의 원형적인 향수를 불러일으키는 '길'. 그들은 그 길의 전통적 의미를 전복시키면서도 길이 지니는 또 다른 의미들을 효과적으로 부각시켰다. 어찌 됐든, 끝없이 이어지는 길 위에서 그들이 행하는 모든 방황과 유랑은 삶에 대한 진정한 애정의 표현이었고, 그 유랑의 시간이 길어지면 길어질수록 애정의 깊이는 더욱더 깊게 나타났다. 그렇게 한동안은, 뉴 아메리칸 시네마가 로드무비이고 로드무비가 뉴 아메리칸 시네마인 시기가 이어졌다.

하지만 모두 알고 있는 것처럼, 새로운 미국 영화도, 로드무비도 그리 오래가지는 못했다. 다른 서구 영화들에서 그랬던 것처럼, 미국 영화에서도 한

세대가 지나자 유랑에 대한 열정(결국 삶에 대한 열정)이 빠르게 사그라들기 시작한다. 거듭된 이동에서 오는 피로 때문이었을까? 아니면 그 끝없는 유랑조차 넘어설 수 없는 어떤 거대한 벽 앞에서의 절망 때문일까? 물론, 내면의 유랑은 계속 이어진다. 아니, 떠나지 못하기에 내적인 방황과 분열은 더욱더 심화되고 자주 파국으로 치닫는다. '뉴 아메리칸 시네마-로드무비'가 끝나는 시점, 대략 1975년 전후에 등장했던 일련의 영화들을 상기해보라. 〈택시 드라이버〉(마틴 스콜세지, 1975)의 주인공 트래비스는 자기가 직접 경험하는 세계(베트남 전쟁, 포르노 극장, 택시 내부)와 자기를 둘러싼 세계(미국 사회, 정치, 금발 여인, 매춘) 사이에서 연결점을 찾지 못해 방황하다가 결국 구원을 위한 살인이라는 극단적인 행동을 감행한다. 〈뜨거운 오후〉(시드니 루멧, 1975)의 주인공 소니는 동성연애자 연인의 수술비를 마련하기 위해 은행 강도를 시도하지만, 단 하루 사이에 동료와 지인, 대중, 언론에게 끊임없이 배신당하면서 점점 더 공황 상태로 빠져들다 끝내 파멸하고 만다. 그리고 〈뻐꾸기 둥지 위로 날아간 새〉(밀로시 포르만, 1975)의 범죄자 주인공은 감옥 대신 택한 정신병원에서 온순하고 합리적이며 규칙을 준수하는 '비정상인들'(환자들)과 폭력적이고 비합리적이며 수시로 불법을 자행하는 '정상인들'(의사, 간호사들) 사이에서 혼란스러워하다가 스스로 죽음의 길로 뛰어든다.

　　뉴 아메리칸 시네마-로드무비가 끝난 시점에 등장한 영화들에서는 이처럼 떠나고 싶어도 떠날 수 없는 자들이 한정된 공간에 남아 자신의 내면을 유랑한다. 마치 곧 죽음의 소용돌이를 향해 뛰어들 것처럼, 미친 듯이 그리고 위태롭게 방황한다. 들뢰즈의 표현에 따르면 '내적으로 이미 죽은 자들'인 그들의 방황은 이전 로드무비들에서의 외적 유랑보다 어쩌면 더 공허하고 절망적이다. 뚜렷한 목적도, 특별한 이유도 없기에, 그들이 유랑하는 내부 세계는 외부 세계와 마찬가지로 탈의미화된 공간이 되어가며, 그들은 그 파편화된 내적 공간을 돌아다니다가 정해진 순서처럼 모두 파멸을 맞이한다.

〈믹의 지름길〉, 남아 있는 가능성

총체성을 잃어버린 시대, 음모와 결탁된 것일 수도 아닐 수도 있는 온갖 종류의 클리셰들이 무질서하게 떠다니는 시대, 그리고 모든 종류의 관계가 미약해지거나 이미 해체되어 있는 시대에 영화 속 인물들은 유랑할 수밖에 없다. 그런 시대에 인간이 택할

수 있는 삶의 양식은 부유 혹은 유랑밖에 없기 때문
이다. 하지만 유랑의 영화는 그나마도 오래가지 못
한다. 삶 전체를 걸 만큼 치열했던 외적 유랑과 내적
유랑은 모두 사라지고, 방황하던 이들은 모두 어디
론가 떠나 자취를 감춰버린다. 다시 고요와 부동의
삶이 선택할 수 있는 유일한 삶의 양식으로 주어진
다. 세상은 유랑하는 이들의 것이 아니기 때문이다.
세상은 언제나 정주민들의 것이었고 앞으로도 그럴
것이다. 그들이 끊임없이 만들어내는 질서, 법칙, 체
제 같은 가상의 이미지들에 의해 영원히 속박당할
것이다.

　　미국에서는 뉴 아메리칸 시네마-로드무비의 시
대가 지나가자 새로운 클리셰들의 시대가 도래했다.
공모는 더욱 치밀해졌을 뿐 아니라, 그 시작과 핵심
을 알 수 없을 정도로 교묘하고 복잡하게 얽어놓았
다. 길항들을 삼키면서 더욱 강력해진 클리셰들의
네트워크는 이제 좀처럼 유랑을 허용하지 않는다.
아니, 유랑마저 그들의 이데올로기를 학습하는 경로
로 변질시켜버린다. 1980년대 이후에도 미국에서 꾸
준히 로드무비들이 만들어졌지만 더 이상 제대로 된
로드무비를 찾아보기 힘든 건 그 때문이다. 자무시
와 하틀리의 영화들을 제외하고는, 그리고 1990년대

전반 잠깐의 부흥기에 나왔던 몇몇 영화들을 제외하고는, 대부분 잘 '길들여진' 로드무비들뿐이다. 특히, 2000년대 들어 생산된 '착한' 로드무비들, 〈어바웃 슈미트〉(2002), 〈사이드웨이〉(2004), 〈미스 리틀 선샤인〉(2006), 〈다즐링 주식회사〉(2007), 〈더 웨이〉(2010), 〈네브래스카〉(2013), 〈와일드〉(2014) 등에서 유랑은 결국 보편적이고 정상적인 삶, 정주의 삶의 가치를 깨닫기 위한 하나의 수련 과정에 지나지 않는다. 보이지 않는 클리셰들의 지배에 스스로를 온전히 내맡기기 전에 잠시 취하는 한시적인 일탈에 지나지 않는다. 인물들은 유랑의 형식만을 차용한 그 뻔한 여정 속에서 마치 야성을 잃은 짐승들처럼 순응하며 착하게 길들여져간다.

하지만 아주 가끔은 '길들여지지 않은' 로드무비를 만나기도 한다. 드물지만, 길의 진정한 의미를 묻고 유랑의 본질에 대해 숙고하는 영화들이 새로운 세기에도 미국 어디에선가 만들어지고 있는 것이다. 여성 감독 켈리 레이차트의 〈믹의 지름길〉(2010)이 그런 영화다.

배경은 개척 시대의 미국 서부. 세 가족이 새로운 터전을 찾아 서부로 이동한다.

그들은 길의 안내를 위해 '믹'이라는 용병대
출신의 남자를 고용했다. 그러나 메마른 황야
한가운데서 길을 잃고 먹을 물마저 부족해지자,
서로 간의 불신과 반목이 심해지기 시작한다.
우연히 주변을 맴돌던 인디언 한 명을 체포해
길의 안내를 맡기지만, 인디언에 대한 믿음과
불신이 또 다른 갈등의 요인으로 작용한다.
고난의 시간이 계속되는 가운데서도 부인 중
한 명인 에밀리 테도르는 끝까지 신뢰와 상호
존중의 태도를 버리지 않으며, 이 같은 그녀의
태도는 결국 인디언뿐 아니라 폭력을 옹호하고
남성성을 내세우던 믹의 신의까지 얻어낸다.

〈믹의 지름길〉은 종종 〈델마와 루이스〉와 비교
된다. 둘 모두 로드무비의 양식을 취하고 있고 여성
이 이동의 주체로 묘사되기 때문이다. 〈델마와 루이
스〉가 파격적인 주제와 매력적인 연출로 많은 관객
의 호응을 이끌어냈다면, 이 영화는 단순한 이야기
를 통해 길의 의미와 여성의 역할에 대해 좀 더 차
분하게 성찰할 기회를 준다. 〈델마와 루이스〉가 남
성 중심 사회의 극복 방법을 폭력과 일탈에서 찾았
다면, 이 영화는 대화와 지성 그리고 포용에서 찾는

다. 또 델마와 루이스가 행하는 폭력과 살인은 일시적인 카타르시스를 주기엔 충분했지만, 그다음엔 아무것도 보장해주지 못했고 결국 그녀들을 도주와 죽음으로 내몰았다. 반면, 〈믹의 지름길〉에서 주인공 에밀리는 남성보다 더 깊은 사유 능력으로, 증오 대신 사랑으로 남성 중심의 구조를 조금씩 변화시켜간다. 그리고 신뢰와 상호 존중이라는 인간 사회의 가장 기본적인 원칙을 끝까지 지킴으로써, 자칫 폭력과 무질서로 빠질 뻔한 남성들의 행동을 저지하고 그들의 승복과 존경을 얻어낸다.

아울러, 개척 시대의 서부가 배경이지만, 이 영화에서 길은 결코 문명의 전파나 야만의 교화를 위한 통로로 묘사되지 않는다. 그렇다고 문명사회로부터의 탈주를 위한 수단으로 그려지는 것도 아니다. 물을 찾아 메마른 황야를 헤매는 주인공들에게, 길은 그저 생존을 위한 수단일 뿐이다. 그리고 어쩌면 그들이 삶을 지속시키기 위해 스스로 만들어내야 하는 조건일 수도 있다. 즉, 광활한 황야에서 그들은 길을 찾는 동시에 길을 만들어낸다. 그들이 밟고 지나가는 땅은 그 후 길로 남을 수도 있고, 혹은 모래바람에 지워져 다시 거친 황야의 일부가 될 수도 있다. 그래서일까? 왠지 이 영화는 단순한 로드무비로

분류하기가 어렵다. 누군가 얘기했던 '페미니즘 웨스턴'이라는 범주도 그리 적합해 보이지 않는다. 그보다는, 미국 문명의 초기로 돌아가 사회를 다시 세우고 싶어 하는 감독의 의지가 은밀하지만 강하게 드러나 보인다. 영화 내내 오로지 황무지만, 바짝 말라서 바닥이 쩍쩍 갈라져 있는 불모의 대지만 보여주는 것도 그 때문일 것이다.

다시 말해, 감독은 갈 데까지 간 미국이라는 나라(혹은 현대사회)를 이제 그만 종료시키고 '초기화'하고 싶은지도 모른다. 불신과 거짓으로 가득 찬 사회, 온갖 폭력과 음모가 일상적으로 자행되는 사회를 닫고, 아무것도 없는 광야에서 새롭게 시작하고 싶은 건지도 모른다. 컴퓨터의 초기화 버튼을 누르듯 어떤 단추 하나를 눌러 모든 것을 지우고 말소시킨 다음, 무(無)에서부터 다시 시작하고 싶은 바람. 따라서 마지막 장면이 등장하기 전까지 나무 한 그루 보이지 않던 영화 속 그 황량한 대지는 '끝'이자 동시에 '시작'을 의미하는 것일 수도 있다. 그러니까, 서부 개척 시대를 배경으로 하는 이 영화의 진정한 시제(時制)는 '먼 과거'가 아니라, '가까운 미래'일 수 있는 것이다.

태양 속으로, 삶은 슬프지만 늘 아름답다

—⟨미치광이 피에로⟩와 고다르의 청춘

제71회 칸영화제 포스터

푸른 하늘과 노란 대지를 배경으로 두 남녀가 키스를 하고 있다. 여자는 파란색 스포츠카에서 몸을 내밀고 있고, 남자 역시 빨간색 자동차에서 몸을 일으켜 앞으로 내밀고 있다. 여자는 흰색 반팔 셔츠 차림이고, 남자는 빨간색 티셔츠에 갈색 재킷을 걸쳤다. 두 사람이 타고 있는 자동차의 방향은 정반대. 각자 운전하던 두 남녀가 스치듯 교차하다가 잠시 차를 세우고 그 자리에서 키스를 나누고 있는 것이다.

이 인상적인 키스 신은 고다르의 영화 〈미치광이 피에로〉(1965)의 한 장면이다. 그리고 올해 71회 칸영화제 포스터를 장식한 메인 이미지이기도 하다. 불과 2년 전 69회 칸영화제 포스터가 고다르의 영화 〈경멸〉(1963)의 한 장면을 메인 이미지로 택했던 것을 기억해보면, 고다르에 대한 칸영화제의 특별한 애정을 짐작할 수 있다. 지난번 포스터가 푸른 지중해가 배경인 영화 장면을 모노톤의 노란색으로 덮으면서 무거운 고독과 침묵의 느낌을 강조했다면, 이번 포스터는 본래 영화 장면보다 더 산뜻한 푸른색과 배우들의 역동적인 포즈로 경쾌한 젊음과 사랑의 느낌을 돋보이게 했다. 마치 청춘의 푸르른 열정과 에너지를 찬양하려는 것처럼. 혹은, 인생의 어느 시기에 잠시 머무르다 신기루처럼 사라질 그 아름다운 시간을 기억하려는 것처럼. 실제 영화 장면에서와 달리, 푸른 하늘 밑 배경을 소박한 마을 풍경 대신 뿌연 사막의 이미지로 처리한 것도 그 때문이리라.

〈미치광이 피에로〉는 누벨바그 시기의 고다르를 대표하는 영화이자 그 시기를 끝맺는 영화다. 누군가는 이 영화를 가리켜 "젊은 고다르의 심장과도 같은 영화"라고 말했고, 누군가는 한 편의 시(詩)처럼 "숭고한 아름다움을 지닌 영화"라고 평하기도 했다. 어찌 됐든, 스물아홉의 나이에 데뷔작 〈네 멋대로 해라〉(1959)로 혜성같이 등장해 전 세계 영화 판도를 흔들어놓았던 젊은 고다르는 서른다섯 살에 〈미치광이 피에로〉를 내놓으며 자신의 청춘에 이별을 고하려 했다. 파리에서 니스까지 프랑스를 종(縱)으로 이동하는 이 긴 여행 같은 영화를 끝으로, 그의 말처럼 "더 이상 살 만한 가치가 없는 현실"에서 완전히 벗어나기로 한 것이다.

달리면서, 생각에 잠겼다

삼십대의 어느 여름, 나는 고속도로를 달리고 있었다. 도로 위로는 한낮의 태양이 무자비하게 쏟아지고 있었다. 파리에서 니스까지 이어지는 그 긴 도로.

며칠째 이어지는 강행군에 심신은 지칠 대로 지쳐 있었고, 틴팅도 제대로 안 된 조그만 차 안에서 나는 밀려드는 졸음과 싸우며 간신히 운전대를 잡고 있었다. 옆 좌석에선 내 또래의 피디가 좌석을 뒤로 젖힌 채 완전히 곯아떨어져 있었다.

　　따지고 보면 처음부터 말도 안 되는 일정이었다. 어느 TV 방송국의 기획 프로그램이었는데, 당시 인기 있는 젊은 연예인 두 명을 파리에 보내 누가 먼저 히치하이킹으로 로마까지 가는지 내기하는 게 주된 내용이었다. 유학생이던 나는 비교적 높은 임금을 준다는 말에 넘어가 현지 코디네이터이자 통역사, 운전사의 자격으로 프로그램에 합류했다. 그런데 파리의 한 호텔에서 방송국 사람들을 만나자마자 곧바로 후회하기 시작했다. 명색이 지상파 방송 주말 저녁 프로그램인데, 달랑 피디 한 명과 작가 한 명, 연예인 두 명만이 파견된 것이다. 일정 또한 거의 불가능하다 싶을 정도로 빡빡했다. 나는 곧바로 나를 대체할 누군가를 찾아야겠다고 결심했지만, 젊은 그들의 얼굴에서 초조함과 막막함 그리고 알 수 없는 열정 같은 것이 교차하는 것을 보며 마음이 흔들렸다. 또, 무사히만 다녀오면 한 달 치 생활비를 벌 수 있을 거라는 생각에 차마 발길을 돌리지 못했다.

유학생 선배 한 분이 나와 같은 역할을 맡아 합류했고, 총 여섯 명이 A팀, B팀으로 나뉘었다. 내가 맡은 A팀은 파리를 출발해 아비뇽, 니스, 모나코, 제노바를 거쳐 로마까지 가는 여정이었고, B팀은 파리를 출발해 베른, 루체른, 밀라노, 피렌체를 거쳐 로마까지 가는 여정이었다. 기한은 3박 4일. 하지만 누가 먼저 로마에 도착하느냐가 관건이었기 때문에, 잠자는 시간을 포함한 모든 일정을 최소화해야 했다. 그리고 그 모든 일들을 팀당 단 세 명이 해내야 했다. 나는 운전과 통역, 장소 헌팅, 가이드 등을 맡았고, 피디는 연출과 촬영, 기록 등을 맡았으며, 연예인 A는 고속도로나 국도에서 아무 차나 붙잡고 히치하이킹을 하는 일과 어떻게든 로마를 향해 이동하는 일을 맡았다. 피디와 나는 으슥한 곳에 차를 세워두고 A가 히치하이킹 하는 모습을 촬영하다가 그가 성공해 차에 타면 부리나케 쫓아갔고 예정된 장소에서 그를 다시 픽업했다. 뭘 하고 있는 건지, 왜 이래야만 하는 건지 몰랐지만 그렇게 조금씩 이동하면서 우리는 남쪽으로 내려갔다. 때는 1990년대 중반. 핸드폰도 없는 시절이었고, 디지털 카메라도 없어서 일일이 테이프를 바꿔가며 무거운 카메라로 촬영하던 시절이었다.

당연한 일이지만, 파리를 떠난 후 이틀 동안은 시행착오와 고난의 연속이었다. 그때도 이미 예스러운 낭만은 사라지고 있던 때라 A는 히치하이킹을 하는 데 애를 먹었고(하지만 그는 순발력이 아주 좋았고 영어 실력도 뛰어났다), 피디와 나는 기다림에 지쳐서 긴장을 놓다가 그가 차에 타는 순간을 놓치기 일쑤였다. 또 방송국에서 빌린 1,300cc 소형차는 A가 종종 얻어 타는 고성능의 유럽 차들을 따라가지 못해 자주 추적에 실패했다. 한두 번인가는 A 또한 예정된 장소에 내리지 못해 그를 찾아 한참을 돌아다니기도 했다. 3일째 아침, 예정대로라면 우리는 이미 프랑스-이탈리아 국경을 넘어 제노바로 향하고 있어야 했지만, 간신히 아비뇽에서 빠져나와 니스로 향하는 고속도로 끝자락을 달리고 있었다.

문제는, 대책 없이 쏟아지는 졸음이었다. 겨우 셋째 날이건만, 극심한 수면 부족과 과도한 일정, 예기치 못한 사건들 탓에 운전한 지 한 시간도 안 돼 나는 엄청난 피로에 시달렸다. 옆에선 세상모르게 자고 있는 피디. 라디오를 크게 틀어봤지만 소용없었고, 눈꺼풀은 점점 무겁게 내려앉았다. 그리고 시간이 지날수록 점점 더 뜨거워지는 태양. 순간, 왼쪽 창유리에 검은 물체가 뛰어드는 것을 느꼈고, 나는 놀라서 눈을 떴다. 잠시 후 옆 차선으로 지나가는 차가 경적을 울리며 손가락 욕을 해대는 것이 보였다. 내가 차선을 넘었던 것이다. 나는 다시 정신을 차리고 아예 맨 오른쪽 차선으로 옮겨 천천히 달렸다. 진즉에 놓쳐버린 A와는 니스의 한 호텔 앞에서 만나기로 되어 있었다. 좀 늦어도 기다리고 있겠지. 피곤하면 맞은편 벤치에서 자고 있을 테고…. 그 순간, 다시 한 번 빛이 번쩍였고 금속성의 무언가가 차에 부딪히는 것을 느꼈다. 정신을 차려보니, 나는 어느새 이면도로로 나와 가드레일을 들이받은 채 멈춰 서 있었다. 잠에서 깨어난 피디는 내려서 차를 살펴보더니 보험으로 처리하면 된다고 말하며 아예 뒷자리로 옮겨가 다시 잠들어버렸다. 나는 한동안 정신을 놓고 멍하니 차에 앉아 있다가, 시동을 켜고 다시 달리기 시작했다.

달리면서, 생각에 잠겼다. 아니, 정확히 말하면 환각인지 몽상인지 알 수 없는 상태에 빠져들었다. 이대로 모든 게 끝날 수 있다는, 저 밝고 뜨거운 태양 속으로 온몸이 빨려 들어갈 수 있다는…. 그것은 생각이라기보다는 감정이었고, 감각이었다. 지칠 대로 지친 내 몸이 자동차의 철판과 유리를 뚫고 나아가 태양과 접촉하는 듯한, 그래서 온몸으로 태양의

빛줄기 하나하나를 받아들이는 듯한 감각.

　죽을 만큼 피곤했지만 어쨌든 달려야 했다. 나는 돈을 받아야 했고, 그러기 위해서는 남쪽을 향해 무조건 나아가야 했다. 그때의 그 감각을 지금도 기억한다. 충돌의 트라우마를 간직하며 사는 이들처럼, 나는 태양빛의 트라우마를 내 피부 아래, 신경세포들 하나하나에 여전히 간직하고 있다. 화창한 어느 날 운전하다가 잠시 주의를 잃을 때면, 한순간 태양빛이 번쩍이며 나를 삼키는 듯한 환각에 사로잡힌다. 찰나의 순간이지만, 다른 차나 건물을 들이받았을 때 느낄 법한 강한 충격과 진동이 온몸에 퍼져나가는 것을 느낀다. 그 느낌, 그 감각. 그때, 그 태양의 고속도로에서 나는 정말 공포를 느꼈던 걸까? 아니면, 온몸이 빨려 들어가는 듯한 황홀을?

　나는 살아서 무사히 로마까지 갔다. 몇 번 더 위험한 고비를 넘겼지만, 결론적으로는 큰 탈 없이 계획대로 일을 끝냈다. 거기서 약속된 돈도 받았고, 파리로 올라오는 길에 선배와 많은 이야기도 나누었다. 이탈리아 북부의 어느 이름 모를 시골 여인숙에서 선배와 잠들며, 나는 내 청춘이 거의 다 접혔다는 생각에 한참을 뒤척였다. 앞으로 어떤 삶을 살지 모르겠지만 결코 이전 같지는 않을 거라는, 이전의 나와 내 꿈은 더 이상 존재하지 않을 거라는 조금은 서글픈 생각에 잠을 설쳤다.

고다르의 청춘 영화들

젊은 시절 고다르의 영화들에는 늘 차가움과 뜨거움이 공존했다. 자본과 권력에 지배당하는 현대 프랑스 사회를 바라보는 그의 시선은 차가웠지만(〈작은 병정〉, 〈기관총부대〉), 그 속에서 바둥거리며 살아가는 젊은 남녀들에게는 늘 동정과 연민의 눈길을 보냈다(〈비브르 사 비〉, 〈국외자들〉). 또, 서로 속고 속이면서도 아무렇지도 않게 살아가는 커플들에게는 냉소적인 태도를 보였고(〈경멸〉, 〈결혼한 여자〉), 실패하거나 파멸할 줄 알면서도 끝까지 사랑을 지키려 애쓰는 이들에게는 애틋한 위로를 표했다(〈알파빌〉, 〈미치광이 피에로〉). 어떤 영화들에서는 컬러보다 흑백 필름이 더 어울렸고 어떤 영화들에서는 아름다운 원색들이 완벽한 조화를 이루었으며, 어떤 영화들에서는 음울한 파리의 거리나 황량한 도시 변두리가 쓸쓸한 매력을 발산했고 어떤 영화들에서는 뜨거운 태양과 푸른 바다가 끝없이 시선을 유혹했다.

한마디로, 고다르는 초기 영화들에서 그의 인물들만큼이나 냉탕과 온탕 사이를 오가며 방황했다.

권태와 희망 사이에서 오락가락했고, 모였다가 흩어지는 번민을 끝없이 되풀이했다. 그런 방황 또는 분열을 감추지 않고 그대로 보여주는 것, 억지로 통일성이나 질서를 만들어내지 않고 그 정신적 분산 상태를 솔직히 드러내는 것, 아마도 그것은 젊은 고다르 영화의 가장 큰 매력 중 하나일 것이다. 이를 위해, 고다르는 형식적 차원에서도 많은 노력을 기울였다. 점프 컷, 분산적 내러티브, 분절적 대화 등을 시도했고, 과감하게 카메라를 들고 찍었으며, 다큐멘터리적 요소들을 삽입하거나 브레히트식의 생소화 효과를 도입하기도 했다. 그러면서도, 상징성 높은 이미지들과 시적인 대사들로 인물들의 내밀한 감정을 표현해냈고, 아름다운 음악과 자유분방한 리듬으로 청춘의 감수성과 열정을 묘사했다. 방황하고 부유하는 아름다운 청춘. 이 뻔한 표현을 고다르만큼 생동감 있게, 매력적으로 그려낸 감독이 또 있을까?

그러나 차가움과 뜨거움 사이의 그 무수한 왕복, 끝없는 혼란은 서서히 허무와 권태를 향해 수렴되어간다. 미친 듯이 뛰어다니고 발버둥 쳐보았지만 나아지는 것도, 해결되는 것도 없기 때문이다. 삼십대의 고다르는 빠르게 지쳐간다. 인물들의 방황에, 자신의 방황에 힘겨워했고, 점점 더 깊은 환멸에 빠져든다. 결국, 그는 〈미치광이 피에로〉를 찍으며 다시 파리에서 니스로 내려간다. 첫 영화 〈네 멋대로 해라〉에서 올라왔던 그 길을 그대로 되밟아, 남쪽을 향해, 태양과 지중해를 향해 달려간 것이다.

삶은 슬프지만 늘 아름답다

〈미치광이 피에로〉에서는 모든 것이 어긋난다. 영화의 형식도, 인물들의 대화도, 남녀 주인공의 관계도. 고다르는 이 영화에서 그동안 그가 시도했던 모든 영화적 형식들을 다시 동원하지만, 형식상의 불일치 혹은 '불일치의 형식'이 영화 전체를 쥐고 흔든다. 영상과 사운드는 자주 어긋나 각자 돌아가고, 외재음향과 내재음향 간의 연속성도 틈틈이 무너지며, 가까운 미래와 가까운 과거가 현재의 시간들 사이에 불규칙적으로 끼어든다. 또, 인물들은 행동과 상관없는 대화를 주고받거나 상대방을 무시한 채 각자 하고 싶은 말만 늘어놓고, 알쏭달쏭한 독백과 잠언들이 다양한 이미지들 위로 흘러 지나간다. 영화의 리듬 또한 매우 불규칙적인데, 자유로운 카메라 움직임과 빠른 편집에 비해 영화의 내러티브는 수축과 이완을 반복하고, 틈틈이 엉뚱한 장면이나 에피소드가 끼어들어 극의 흐름을 단절시키기도 한다. 가장 큰 불일치는 남녀 주인공 사이에서 일어난다. 일단, 영화의 이야기를 잠시 살펴보자.

주인공 페르디낭(장폴 벨몽도)은 갱들에게 쫓기는 옛 애인 마리안(안나 카리나)과 우연히 만나 하룻밤을 보내고 갱들을 피해 파리를 탈출한다. 두 사람은 우여곡절 끝에 프랑스 남부 해안까지 내려가 어느 섬에 머물며 독서와 사색의 시간을 갖는데, 이내 싫증을 느낀 마리안은 다시 갱들이 있는 위험한 세계로 나아간다. 그리고 페르디낭을 범죄에 끌어들인다. 뒤늦게 마리안의 배신을 알아챈 페르디낭은 섬에서 갱들과 마리안을 권총으로 쏴 죽이고, 스스로 머리에 폭탄을 두른 채 자살한다.

이 단순한 이야기 곳곳에서 두 인물은 끊임없이 불일치와 단절을 드러낸다. 남자는 자신이 이미 죽은 삶을 살고 있다고 말하고, 여자는 자신이 살아 있음을 느끼며 중요한 것은 그것뿐이라고 말한다. 남자의 이름은 페르디낭이지만 여자는 그를 끊임없이 피에로라고 부르고, 남자는 매번 "내 이름은 페르디낭이야"라고 대답한다. 또한 남자는 책과 음악을 좋아하고 사색을 즐기지만, 여자는 사고를 거부하고 감정의 표현과 분출에 집착한다.

남자는 차가움이고 여자는 뜨거움이다. 남자는 이성이자 허무이고 자유에 대한 갈망이며, 여자는 감성이자 욕망이고 파국을 부르는 위험이다. 영화 후반까지 남자의 색은 차가운 파랑이, 여자의 색은 강렬한 빨강이 주를 이룬다. 그런데 칸영화제 포스터에서 볼 수 있듯이, 영화의 절정에서 이들의 색깔이 뒤바뀐다. 남자는 낡은 빨간색 차에 타고 있고, 여자는 번들거리는 파란색 스포츠카에 타고 있다. 남자는 사랑을 위해 파국을 알면서도 감성을 택했고, 여자는 자유로운 삶을 위해 남자를 배신하면서까지 이성을 택했다. 달리던 차를 멈추고 두 사람이 몸을 내밀어 키스를 나누는 그 장면을 다시 떠올려보라. 한순간이다. 영화에서 이 키스 신은 1초도 채 되지 않으며, 그나마도 포스터에서와 달리 훨씬 더 먼 거리에서 잠깐 보여줄 뿐이다. 서로 전혀 다른 두 사람이 나누는 교감은 그만큼 즉흥적이며 찰나적이다. 또, 그들을 둘러싼 먼지바람이 암시하고 있는 것처럼 그저 아득하기만 하다. 하지만 이 순간의 진실, 신기루 같은 사랑의 감정을 위해 남자는 자신의 생을 건다.

〈미치광이 피에로〉는 고다르가 남긴 유일한 로드무비다. 그의 많은 영화들이 내적 방황과 외적 방랑을 담고 있지만, 처음부터 끝까지 정처 없는 유랑과 부단한 이동으로 이루어진 영화는 이 작품뿐이다. 또한 이 영화는 '로드무비 이전의 로드무비'이기도 하다. 이 영화가 나오고 몇 년 후 미국에서 로드무비의 시대가 열리는데, 여러 면에서 이 영화는 그 새로운 미국 영화들에게 강한 영감을 준다. 여정이 진행되어도 진전되지 않는 인간관계, 목적 없는 이동, 부조리한 사회와 알 수 없는 삶, 환멸과 단절만을 확인하게 되는 결말 등.

고다르는 이 유랑의 영화를 통해 청춘의 방황을 끝내려 했다. 그의 모든 스타일과 감성을 드러내면서 그 끝없는 방랑과 번민에서 벗어나고자 했다. 그의 첫 영화에서 남쪽을 떠나 파리로 올라온 장 폴 벨몽도는 이 영화에서 다시 파리를 떠나 남쪽으로 내려간다. 마치 태양을 향해 그리고 지중해를 향해 뛰어들 것처럼, 파멸을 예감하면서도 그 길을 달려간다. 사람들마다 고다르 영화의 시기를 구분하는 기준과 방법이 저마다 다르지만, 나는 이 영화와 함께 고다르 영화의 제1기가 끝났다고 생각한다. 누벨바그 시기일 수도 있고, 청춘 영화의 시기일 수도 있는 제1기.

어찌 됐건, 차가움과 뜨거움을 오가며, 이성과 감성, 사유와 행동, 자아와 세계를 오가며 좌충우돌 하던 젊은 고다르는 마침내 삶에 대해 깨끗이 패배를 인정한다. 영화 속 피에로의 대사처럼, 삶은 "영원히 풀리지 않는 수수께끼"이고 "우리가 자멸하기만을 기다리고" 있다. 노력하고 분투했지만, 삶은 너무나 거대하고 무자비했다. 그리고 고다르이자 피에로인 '나'는 역부족이면서도 오만했다. 스스로 파멸을 택한 이에게 죽음은 어쩌면 뜨거운 태양의 유혹 같은 것일 수 있다. 고통마저 잊게 해주는 완전무결한 자유 같은 것. 혹은 그 너머로 푸른 하늘과 드넓은 바다가 펼쳐져 있을 것 같은, 잠깐의 암흑.

"삶은 슬프지만 늘 아름다워." 이렇게 얘기하던 피에로는 영화의 마지막 장면에서 붉은 셔츠를 입고 얼굴에 파란 페인트를 칠한 뒤 노란색과 빨간색 다이너마이트 꾸러미를 얼굴에 두른 채 장렬하게 죽음을 맞이한다. 죽기 직전 그는 "이런 바보 같은, 젠장"이라는 대사를 내뱉으며 후회하지만, 이내 다이너마이트는 폭발음을 내며 커다란 불꽃을 터뜨린다. 우스꽝스러우면서도 허무한, 그야말로 총천연색의 파멸이다.

Rock & Road Movie

—카우리스마키의 보헤미안 로큰롤

올드 록 피플

친구 1: 야, 꺼내봐.
친구 2: (눈치를 살피며) 꺼내도 될까?
친구 3: (주변을 둘러보며 침묵)
주인: (눈웃음을 지으며) 꺼내세요. 손님도 없는데요, 뭐.

단골 카페 주인의 친절한 목소리에 친구 한 명이 용기를 내어 백팩에서 묵직한 휴대용 스피커 하나를 꺼낸다. 앤티크한 디자인에 유명 브랜드 로고가 붙어 있는, 한눈에 봐도 포스 넘치는 모델이다. 곧바로 백팩에서 작은 물건 하나가 더 따라 나온다. 담뱃갑보다 조금 더 큰 크기이지만 성능 좋다고 소문난 휴대용 프로젝터다. 카페 바에 스피커를 올려놓고 테이블 위에 프로젝터를 세워놓으면, 1차 준비 완료. 그다음엔 셋이서 열심히 스마트폰을 뒤지며 각자 듣고 싶은 노래를 고른다. 그리고 얼마 후, 선곡한 레퍼토리들을 번갈아가며 동영상과 함께 재생한다. 재생. 그 순간부터 정말 똑같은 장면이 내 눈앞에서 리플레이 된다. 벌써 몇 년째 수없이 보아온 장면이다. 동영상 속의 공연 장면을 말하는 게 아니다. 그러니까 그건, 질 좋은 스피커를 통해 커다랗게 울려 퍼지는 노래들과 카페 벽 위에서 아른거리는 옛 뮤지션들, 그리고 더 바랄 게 없다는 듯한 표정으로 음악에 심취해 있는 친구들의 얼굴이 한데 어우러져 만들어내는 장면이다. 적어도 그 시간만큼은 세상에서 제일 행복해 보이는 얼굴들.

이미 청춘의 언저리마저 벗어난 나이지만, 이들의 음악적 감각은 웬만한 젊은 친구들보다 더 섬세하고 예민하다. 음악적 내공도 그 누구 못지않게 단단하다. 김현식부터 마이 앤트 메리와 소울사이어티에 이르기까지 좋아하는 국내 뮤지션의 취향도 다양하고, 해외 음악에 대한 지식은 내가 그 폭과 깊이를 다 헤아릴 수 없을 만큼 방대하다. 그래도 주된 레퍼토리는 항상 '록'. 초기 로큰롤에서부터 프로그레시브록, 포크록, 블루스록, 재즈록에 이르기까지, 카페 벽 위에 재생되는 음악의 3분의 2 이상은 항상 록이 차지한다. 청소년 시절 심야 라디오 방송을 통해, 그리고 종로와 세운상가를 기웃거리며 사 모았던 (수상한) LP 판들을 통해, 수없이 듣고 또 들었던 음악들이다. 이들의 음악적 기준 또한 나름대로 확고한데, 어쩌다 내가 포리너나 본조비의 옛 노래를 듣고 싶다고 하면 떨떠름한 표정으로 마지못해 틀어주고,

록 뮤지션이 아니더라도 레이 찰스나 브라이언 이노, 리처드 보나 등의 공연 영상은 거의 경외하는 듯한 태도로 감상한다.

　　세 친구 중 둘은 회사에 다니고 한 명은 사업을 한다. 두 명은 대학 시절 록밴드 동아리에서 각각 드럼과 베이스기타 파트를 맡았고, 나머지 한 명은 이른 나이부터 클럽의 디제이로 이름을 날렸다. 이들 셋은 거의 매주 거르지 않고 만나 함께 저녁을 먹고 신촌이나 홍대 앞의 카페를 찾아 음악을 듣는다. 술은 저녁식사 자리부터 시작되지만, 아무리 봐도 이들에게 제일 중요한 요소는 음악이다. 신촌을 중심으로 대강 30분 거리 이내에 직장과 집이 있는 이들과 달리, 직장과 집 모두 한 시간 넘게 떨어져 있는 나는 이런저런 이유로 두세 달에 한 번 정도 모임에 합류한다. 또 이들과 달리 일반인 수준의 음악적 지식과 취향을 지닌 나는, 항상 음악보다는 밥과 술을 생각하며 친구들을 만나러 간다. 하지만 나는 늘 소외감보다는 편안함을 느낀다. 그리고 대화도 잘 들리지 않는 시끄러운 음악 속에서 행복한 미소에 젖어 있는 그들의 얼굴을 바라보면, 어느새 설명하기 힘든 미묘한 감정에 빠져든다.

모터와 드럼이 내뿜는 록 비트

잭 케루악은 그의 책에서 즉흥적이고 자유분방한 재즈의 리듬과 무계획적이고 충동적인 여행의 조화를 최고로 꼽았지만, 나는 개인적으로 록이 로드무비와 가장 잘 어울리는 음악이라 생각한다. 거칠고 단조로우면서도 왠지 심장을 두드리는 듯한 록 비트야말로 정처 없이 떠돌아다니는 로드무비에 딱 들어맞아 보인다. 〈이지 라이더〉 때문일까? 당대 내로라하는 록 뮤지션들이 달리는 오토바이의 영상 위에 그들만의 리듬을 깔아놓았던 그 자유로운 스타일 때문일까? 아무튼 자동차나 오토바이의 모터 소리와 기타 혹은 드럼이 내뿜는 록 비트의 궁합은 더 말할 나위 없이 최고로 느껴진다. 끝없이 펼쳐진 도로 위를 달리는 자동차의 모습에 심플한 록 멜로디와 리듬이 얹히면, 어느새 내 마음은 그 너머의 지평선 끝으로 달려간다.

1990년대 초반 로드무비의 부흥기에 나온 미국 영화들 역시 모두 음악과 깊은 유대를 맺고 있다. 데이비드 린치의 〈광란의 사랑〉에는 요한 슈트라우스의 음악부터 파워매드의 〈Slaughterhouse〉, 크리스 아이작의 〈Blue Spanish Sky〉, 엘비스 프레슬리의 〈Love me tender〉에 이르기까지 다양한 장르의 음악이 삽입되었고, 구스 반 산트의 〈아이다호〉에서는 페달 기타리스트 빌 스태포드의 감미로우면서도 독특한 서정의 연주가 시종일관 흘러나왔다. 또 리들리 스콧의 〈델마와 루이스〉(1993) 역시 화려한 사운드트랙을 자랑하는데, 이글스의 기타와 보컬을 맡았던 글렌 프레이의 〈Part of Me, Part of You〉와 B. B. 킹의 〈Better Not Look Down〉, 마사 리브즈의 〈Wild Night〉, 한스 짐머의 〈Thunderbird〉 등 다채로운 곡들이 두 주인공의 여정에 함께했다. 그 시대 최고의 작곡가와 뮤지션들이 참여한 이 영화들의 사운드트랙 앨범은 아주 높은 평가를 받았고, 영화와 별개로 감상해야 할 하나의 독창적인 창작품으로 간주되기도 했다.

그런데 그런 거 말고, 다양한 장르의 뮤직 스코어들이 최고 수준의 믹싱을 거쳐 적절히 융합된 그 세련된 음악들 말고, 거칠고 소박한 록 자체에 집중하는 영화들은 이상하게도 1990년대 미국 로드무비의 지도에서 찾아보기 힘들다. 오히려 그런 '록 & 로드무비'들은 동시대 세계 영화의 변방에서 발견된다. 그중에서도 아키 카우리스마키의 영화들. '록 & 로드무비'라는 표현에 그의 영화들만큼 잘 어울리는 영화가 또 있을까? 시대를 거슬러 올라가는 듯한 투박한 스타일로, 하지만 누구보다 예민한 동시대적 감성으로 록과 유랑에 대해 애틋한 사랑을 표현하는 그의 특별한 영화들.

보헤미안 랩소디

카우리스마키는 '가난한 영화'를 고집한다. 핀란드의 국민 감독이자 전 세계 컬트 무비 팬들의 우상과도 같은 존재지만, 그는 늘 최소한의 제작비와 독립적인 제작 방식을 고수하며 이를 바탕으로 간결한 형식과 담백한 스타일의 작품들을 내놓는다. 1990년 베니스영화제가 서른네 살에 불과한 그의 회고전을 마련할 만큼 일찍이 핀란드를 넘어 유럽 전체를 대표하는 감독이 되었지만, 그는 항상 대형 제작사의 제안들을 거부했고 형 미카 카우리스마키와 세운 '빌알파'(고다르의 영화 〈알파빌〉에서 차용한 이름이다)사(社)에서만 줄곧 영화를 만들어왔다. 또 제작 방식뿐 아니라, 영화에서 다루는 소재와 이야기도 늘 가난과 연결되어 있다. 초기 영화들 중 일부는 '프롤레타리아 삼부작'(〈오징어 노동조합〉, 〈천국의 그림자〉, 〈아리엘〉)이라 묶일 만큼 열악한 노동자들의 현실을 다루는 데 주력했고, 이후의 영화들에서도 가난하고 소외된 이들, 불우한 환경에서 출생하거나 타고난 능력이 부족해 사회의 변방으로 밀려난 이들의 쓸쓸한 삶이 주요 제재가 되었다.

또한 카우리스마키는 떠도는 보헤미안들이나 방랑하는 예술가들에 대해서도 깊은 애정을 드러낸다. 이들 역시 배고픔과 슬픔을 떨쳐내지 못하는 가난한 이들이지만, 고단한 삶 속에서도 꿈을 잃지 않고 절망 속에서도 따뜻한 위로와 연대를 찾아 끊임없이 움직이는 이들로 묘사된다. 그의 영화 전반에 각인된 보헤미안적 정서는 핀란드 국민들의 무의식에 내재된 국외자적 정서와도 무관치 않은데, 5세기부터 시작된 핀족의 이주의 역사와 천 년 이상 주변 강대국의 지배를 받았던 피지배의 역사가 그 근원을 이룬다고 할 수 있다. 그의 영화는 시간이 지날수록 주변인이자 보헤미안인 사람들 혹은 보헤미안의 기질을 간직하고 있는 주변인들에 주목하며, 이들의 애달프면서도 소박한 삶을 그 누구도 흉내 낼 수 없는 독특한 스타일로 보여준다.

아울러, 그 보헤미안-주변인들의 곁에는 항상 음악이, 특히 로큰롤이 있다. 프롤레타리아 삼부작에서 헬싱키의 노동자들이 즐겨 듣는 음악은 로큰롤이고, 〈성냥공장 소녀〉(1989)에서 가난하고 외로운 여주인공이 카페와 식당, 빈 방 등에 홀로 앉아 듣는 음악 역시 처량한 멜로디의 로큰롤 곡들이다. 또 〈과거가 없는 남자〉(2002)에서 엄숙한 찬송가만 고집하던 구세군 악단은 낯선 이방인의 제안으로 흥겨운 로큰롤 레퍼토리를 연주해 마을 사람들의 열띤 호응을 얻어내며, 〈르 아브르〉(2011)에서는 늙은 구두닦이 마르셀이 밀입국한 흑인 소년을 돕기 위해 벌인 자선공연에서 왕년의 인기 로커 '리틀 밥'이 등장해 멋진 로큰롤 넘버를 들려주기도 한다. 하지만 역시 압권은 레닌그라드 카우보이 밴드가 등장하는 '레닌그라드 카우보이 삼부작'. 그중에서도 밴드가 탄생했던 첫 번째 영화 〈레닌그라드 카우보이 미국에 가다〉(1989)야말로 보헤미안적 삶과 로큰롤에 대한 카우리스마키의 무한한 애정을 느낄 수 있는 영화라고 할 수 있다.

레닌그라드와 신촌의 카우보이들

영화가 시작되면, 황량한 툰드라 벌판의 낡은 헛간에서 두꺼운 외투를 입고 검은 선글라스를 낀 여덟 명의 남자들이 열심히 연주를 하고 있다. 이들은 아무도 찾지 않는 무명 밴드 '레닌그라드 카우보이'. 김무스처럼 뾰족이

튀어나온 헤어스타일과 비슷한 모양의 구두가
이들의 트레이드마크다. 얼마 후, 밴드는
매니저를 따라 난생 처음 미국으로 건너가지만
이들의 연주에 실망한 흥행업자들은 모두
등을 돌린다. 멕시코에서 열리는 결혼식에나
가보라는 한 흥행업자의 무성의한 제안에 이들은
중고차를 구입해 길을 떠나고, 졸지에 뉴욕에서
멕시코시티까지 미국을 종단하게 된다. 배고픔과
문전 박대, 매니저의 사기 등 숱한 고충을 겪지만
우여곡절 끝에 멕시코에 도착하며, 거기서
따뜻한 환대와 함께 큰 인기를 얻는다.

〈레닌그라드 카우보이 미국에 가다〉에는 카우
리스마키의 영화적 특징들이 거의 다 들어가 있다.
사회 변방의 소외된 이들에 대한 관심, 보헤미안적
삶에 대한 향수, 침묵과 어색한 몸짓들이 반복되는
무성영화적 스타일, 독특한 유머 감각, 그리고 로큰
롤에 대한 애정 등. 조금 바꿔 말하면, 이 영화는 로
드무비와 로큰롤에 대한 카우리스마키의 헌사라고도
할 수 있다. 영화 내내 주인공들이 끊임없이 어디론
가 이동하는 것도 그렇고, 뉴욕, 멤피스, 텍사스, 뉴
올리언스 등 로큰롤의 성지들을 거쳐 가는 것도 그

러하며, 새로운 로드무비의 개척자이자 뛰어난 음악 영화 감독인 짐 자무시가 카메오로 출현한 것도 그렇다. 또, 다양한 레퍼토리에도 불구하고 밴드의 음악은 로큰롤을 중심으로 구성되며, 뒤늦게 합류한 사촌이 영화 〈이지 라이더〉에 삽입되었던 〈Born to be wild〉를 멋지게 불러 젖히는 장면은 이 영화의 지향점을 분명히 드러내준다.

　　우연히 이 영화를 다시 보면서, 음악 하나에 삶을 내맡기고 정처 없이 유랑하는 남자들의 모습을 보면서, 나는 무슨 이유에서인지 신촌의 내 친구들을 떠올렸다. 청춘을 다 보내고 나서도 여전히 홍대 앞과 신촌을 떠나지 않는 그들. 카우보이라는 단어가 주는 마초적 느낌과는 전혀 어울리지 않지만, 음악과 약간의 술만 있으면 세상 어디에서라도 행복해 할 것 같은 그들. 멤버인 듯 멤버 아닌 나를 언제나 두 팔 벌려 환대해주는 그들이지만, 함께 있으면 나는 시간이 지날수록 음악이라는 투명한 밴드가 그들 셋을 단단히 둘러매고 있음을 느낀다. 내가 결코 나눌 수 없는 특별한 감성이, 수많은 멜로디와 화음과 리듬에 대한 기억들이 그들 사이에 흐르고 있음을 감지한다.

　　한때는 모두 뮤지션을 꿈꾸었을 그들. 어느덧

나이가 들어 각자 주어진 몫의 삶을 정신없이 살아내고 있지만, 주말이 다가오면 신촌이나 홍대 앞 거리로 어슬렁거리며 나와 근사한 음악을 들을 수 있는 곳이 없을까 찾아다닌다. 수십 년째 손바닥만 한 신촌 일대를 유랑하는 이들에게서 어쩌다 황량한 미국 땅을 유랑하게 된 레닌그라드 카우보이들의 모습을 떠올리는 내가 이상한 걸까? 어느 쪽에서든 진짜 유랑은 마음속에서 일어나고 있을 거라고, 그 유랑에는 항상 음악이 함께할 거라고 나는 믿는다.

인생은 때때로 오해에서 시작된다

―키아로스타미, 길의 영화

남가좌동

어느 늦은 봄 오후, 친구와 서촌에서 만났다. 친구의 직장이 그 근처였고 마침 나도 서울에 나갈 일이 있었다. 오랜만에 서울의 옛 동네에서 친구를 기다렸는데, 조금 늦게 나타난 친구는 대뜸 맛있는 걸 먹으러 가자고 했다.

"맛있는 거?"

"응, 아는 중국 식당이 있는데, 가성비 뛰어나고 엄청 맛있어."

"어딘데?"

"남가좌동."

"남가좌동…?"

실로 오랜만에 들어보는 이름이었다. 남가좌동이라는 동네가 사라지지 않고 서울의 행정구역의 하나로 존재해오고 있다는 건 알았지만, 누군가의 입에서 그 명칭이 흘러나오는 걸 듣는 건 거의 수십 년만의 일이었다.

"언제 거기까지 가?"

"금방이야. 30분도 안 걸려. 옛날 동네 느낌 나고 좋아."

결국 나는 친구의 차를 타고 서촌에서 남가좌동으로 향했다. 조용한 성격에 무얼 주장하는 일이 거의 없는 친구의 제안이었던 터라 딱히 거절할 생각을 하지 못했다. 또 친구 말마따나, 그날은 휴일 사이에 낀 샌드위치 데이라서 거리도 한산한 편이었다. 하지만 마음 한구석에선 왠지 모를 불편한 기분이 먹구름처럼 밀려왔다. 영 마음이 내키지 않아 자꾸만 구시렁댔고 얼굴도 점점 굳어갔다. 그런 나를 걱정 반, 의아함 반의 표정으로 바라보던 친구는 무학재를 넘어갈 때쯤 물었다.

"그럼 차 돌려서 다른 데 갈까?"

그런데 대답 대신 나는 엉뚱한 얘기를 늘어놓기 시작했다.

"여기 내가 옛날에 중학교 다닐 때 지나다니던 곳인데…. 나 이쪽에서 중학교 나왔잖아. 그동안 여길 한 번도 안 왔었나? 어, 그런데 이 도로가 이렇게 좁았나? 저 건물은 그때도 있었던 것 같은데?"

그때부터 남가좌동에 도착할 때까지 나는 거의 혼자 떠들어댔고, 친구는 그런 내 얘기에 재미있어하면서 간간이 대꾸해주었다. 고등학교 동창인 친구는 내가 당연히 반포나 방배동에서 초등학교, 중학교를 나온 줄 알았다고 했다. 그리고 서울에 자주 나오면서 어떻게 30년이 넘도록 무학재에서 유진상가로 이르는 길을 한 번도 안 지나갈 수 있었느냐고 물었다.

"그러게…. 한 번 정도는 지나갈 수도 있었을 텐데."

어쩌면 한두 번은 지나갔을 수도 있다. 하지만 그건 기억에 남을 만한 이동이 아니었고 그저 관습적인 통과 혹은 무의식적인 스쳐 지나감 같은 것이었을 것이다. 이렇게, 어릴 때 내가 살던 곳으로, 기억의 장소로 다가가는 이동은 아니었을 테니까.

아스팔트 킨트

"나에겐 고향이 없다"라는 문장으로 시작하는 전혜린의 글을 기억한다. 그녀가 썼던 '아스팔트 킨트'라는 표현도. 아스팔트만 보고 자란 도시의 아이들, 아스팔트 골목을 고향으로 간직하며 사는 아이들을 가리키는 말인데, 어느 정도는 내게도 해당된다.

내가 대여섯 살쯤 무렵, 우리 집은 서울 동쪽의 이문동에서 서쪽 깊숙한 곳의 남가좌동으로 이사 왔다. 그리고 중학교 1학년을 마칠 때까지 약 10년간 그 동네에서만 다섯 번 이사를 하며 계속 머물렀다. 아버지 사업의 부침이 심하던 시기였고 어머니도 다시 시작한 공부로 바쁘던 때였다. 어머니를 따라 그 동네로 이사 온 이모들 때문이었을까? 아니면, 아이들이 동네에 적응하며 잘 지내서였을까? 생각해보면 그렇게 자주 이사를 하면서도 굳이 10년 동안이나 그 작은 동네를 떠나지 않은 이유가 궁금하다.

아무튼, 나는 남가좌동에서 유치원과 초등학교를 나오고 중학교 3년을 마쳤다. 내게는 고향 아닌 고향인 셈이다. 여러 구역 중 가장 오래 살았던 명지대 건너편의 한 골목에서, 나는 내 유년기의 절정을 보냈다. 대략 초등학교 1학년에서 4학년까지의 시기였는데, 마당에 반지하까지 있는 집도 그럴듯했고, 넓고 깨끗한 아스팔트 골목이 집 앞으로 반듯하게 나 있었다. 동네에서 제일 에너지가 넘쳤던 우리 삼형제는 날마다 해질녘까지 그 넓은(?) 아스팔트 골목에서 뛰어놀았고, 가끔은 좀 더 먼 곳까지 나가 새로 지어진 근사한 집들이나 새로 문을 연 가게들을 탐사하고 오곤 했다. 이후로 명지대 뒷동네와 옆동네 그리고 (지금은 사라진) 백연시장 뒷동네로 바쁘게 이사를 다녔는데, 이때의 기억은 주로 집과 방들에 한정되어 있고 집 앞 골목은 항상 좁고 어두운 이미지로 남아 있다.

친구의 차가 연희동 고개를 넘어 남가좌동으로 들어서는 순간, 아, 하고 탄식이 나올 만큼 조그만 동네 모습이 눈에 들어왔다. 한눈에 다 둘러볼 만한 크기였고, 몇십 년 전과 별다를 게 없는 풍경이었다. 프루스트가 『잃어버린 시간을 찾아서』에서 묘사했던 콩브레의 동네처럼, 다시 만난 기억 속의 장소들은 너무도 작고 보잘것없었다. 어릴 적 내게 아주 큰 대로였던 백연시장 앞 도로는 완만한 곡선의 평범한 왕복 4차로였고, 중학교를 졸업할 때까지 버스를 타고 지나던 '넓은' 명지대 앞 거리 역시 양방향으로 차가 한 대씩만 지날 수 있는 왕복 2차로의 좁은 도로였다.

　　속 깊은 친구는 갑자기 말이 없어진 내게 시간이 남는다며 동네를 한번 둘러보자고 제안했다. 우리는 명지대 건너편 동네로 들어가 좁은 골목길을 조심스럽게 돌아다녔는데, 그곳 역시 내 기억 속의 넓고 반듯한 주택가와는 거리가 멀었다. 다세대 주택들과 건물들이 빼곡히 들어서 있었고, 내가 살았던 집터에는 3층짜리 빌라가 올라가 있었다. 또, 동생들과 뛰어놀던 넓고 환한 아스팔트 골목 대신 비좁고 어두운 골목들만이 건물들 사이에 끼어 간신히 형태를 유지하고 있었다. 그리고 나머지 구역들, 그러니까 처음 이사 와 살았던 곳과 명지대 옆 동네는 모두 사라지고 그 자리에 높은 아파트 숲이 들어서 있었다.

중국 식당의 음식은 친구의 말대로 맛있었다. 옛날 밤늦게 들어오던 아버지가 종종 빵을 사러 들르던 구멍가게 바로 뒤편에 생긴 식당이었다. 친구는 30년도 더 된 과거의 장소들을 정확히 기억하고 있는 내 모습에 신기해했다. 그러면서 지하철도 지나가지 않는 서울의 외곽 동네라서 그나마 절반 정도는 허물어지지 않고 남아 있는 건지도 모르겠다고 말했다. 듣고 보니 맞는 말이었다. 단독주택들 대부분이 3, 4층의 다세대주택으로 바뀌었어도 골목과 작은 길들은 그대로 남아 있으니까. 아파트 단지를 제외하면, 옛 동네의 뼈대와 형태는 아직 남아 있는 거니까.

해질 무렵, 동네를 빠져나오면서 내 생각은 조금 더 긍정적으로 바뀌었다. 내가 어릴 적 대로라고 믿었던, 동네를 사방으로 가르는 큰길들은 여전히 그 형태를 그대로 유지하고 있었다. 넓이와 길이 그리고 곡선과 직선의 형태도 그대로였다. 길가 건물들의 모습이 바뀌고 오가는 차량이 늘어도, 또 구역 안의 골목들이 사라지거나 병합되어도, 그 큰길들은 여전히 같은 모습으로 구역과 구역을 잇고 있었다. 갑자기, 10여 년 전 들른 고대 로마 유적지에서 집과 건물들뿐 아니라 길의 모습이 그대로 남아 있던 것이 생각났다. 어떤 유적이 사람들이 살았던 마을의 유적임을 입증하기 위해서는 '길'의 존재가 필수적이라는 안내자의 설명도 떠올랐다.

길이 있기에 삶이 이어진다. 길은 동네와 동네, 장소와 장소를 이어주지만, 과거와 현재도 이어준다. 길의 모습을 통해 우리는 과거를 떠올릴 수 있고, 과거가 존재했음을 확인할 수 있다. 즉, 길은 공간과 공간을 이어줄 뿐 아니라 시간과 시간도 이어준다. 시간은 늘 공간을 파괴하고 공간에 새겨진 기억 또한 앗아가버리지만, (길을 포함한) 공간은 시간을 이어주고 종종 그 기억도 되살아나게 해준다.

길은 계속된다

키아로스타미가 왜 그렇게 길에 집착했는지를 최근에 들어서야 조금씩 깨닫는다. 그의 모든 영화들이 길을 보여주고 길을 사유하는 데 몰두했던 이유를.

앞부분에서 잠깐 언급했지만, 초기 서구 영화들(특히 미국 영화들)에서 길은 통합의 상징이자 체계의 상징으로 부각되었다. 굳이 서구 영화들이 아니더라도, 길은 야만을 다스리고 일탈을 통제하며 문명이라는 체계의 우수성과 효율성을 전파하는 중요한 수단으로 묘사되었다. 하지만 로드무비가 하나의 장르로 정착되면서, 길의 의미는 뒤바뀐다. 길은 교만하고 억압적인 문명으로부터의 탈주의 수단이 되고, 순응과 복종 대신 자유와 유랑을 택한 이들의 삶의 공간이 된다.

그러나 이 모든 이야기는 어디까지나 정주민들의 공동체 안에서 일어날 수 있는 일이다. 역사가 정착민들에 의해 발전되어왔다고 믿고 그들이 집단의 존속을 위해 만들어낸 질서와 체계가 지상의 가치를 지닌다고 주장할 때 생길 수 있는 작용과 반작용인 것이다. 어찌 됐든 그들에게 유랑은 일반적인 삶의 틀에서 벗어나는 행위이며, 로드무비는 그런 일탈 혹은 탈주를 직접적으로 묘사하고 그 안에 숨겨진 내적 방랑까지 솔직하게 드러내는 장르이다.

하지만 유랑이 곧 삶의 형식인 이들에게 길은 통합의 선도, 탈주의 선도 아니다. 단지, 삶을 지속하기 위한 가장 기본적인 전제일 뿐이다. 키아로스타미의 영화에 등장하는 인물들은 모두 연기자가 아니라 실제 인물들이다. 주연이든 조연이든, 이들 대부분은 영화를 찍는 장소에서 직접 캐스팅되었고 감독과 대화를 나누며 자신들의 언어로 대사를 완성했다. 등장인물이자 실제 인물인 이들은 전쟁으로, 지진으로, 혹은 이해할 수 없는 힘으로 오랫동안 살아온 길과 동네가 눈앞에서 사라지는 걸 목격한 적이 있다. 나라가 없는 것도 아니고, 유목민의 삶을 살고 있는 것도 아니지만, 언제든 길을 잃을 수 있다는 사실을 온몸으로 겪고 깨달은 적이 있다. 언제 사라질지 모르는 길을 위태롭게 오가며, 묵묵히 바라보며 사는 사람들.

주로 척박한 황무지와 어렵게 꾸려진 작은 마을이 배경인 키아로스타미의 영화들에서 길은 삶을 지탱하기 위한 마지막 한 가닥 끈처럼 등장한다. 마을과 마을 사이를 이어주는 지그재그의 언덕길도(〈내 친구의 집은 어디인가〉), 지진으로 폐허가 된 마을에 남아 있는 황량한 도로들도(〈그리고 삶은 계속된다〉), 녹색의 올리브나무 숲 사이에 난 구불구불한 오솔길도(〈올리브나무 사이로〉). 그런 이유에서인지, 자살을 결심한 남자의 이야기를 다룬 영화 〈체리향기〉에서는 길의 모습이 제대로 나타나지 않고 그나마도 언제 무너질지 모르는 흙더미에 짓눌린 듯한 이미지로 묘사된다.

그러므로 어디론가 계속 이동하든, 마을 주변을 맴돌다 끝나든, 키아로스타미의 모든 영화는 길의 영화이고 진정한 의미의 '로드무비'이다. 그의 영화에서 길은 삶을 단절시키기도 하지만 이어주기도 하고, 장소와 장소를 나누기도 하지만 서로 연결하기도 한다. 또한 길은 사라져버린 과거의 빈자리들을 보여주고 상실의 기억을 환기시키지만, 한편으로는 그 존재 자체를 통해 지나간 삶의 흔적들을 발견하게 하고 과거로부터 현재까지 이어지는 시간의 흐름을 돌아보게 한다. 물론, 그럼에도 불구하고 현재가 결코 과거와 같을 수 없음을, 그리고 공간이 결코 시간을 이겨낼 수 없음을 깨닫게 해주지만.

한 가지 사실만은 분명해 보인다. 길은 삶의 가장 중요한 조건이라는 것. 연결과 분리를 반복하면서도 결국은 삶을 지속하게 해준다는 것. 길이 사라지면 삶 자체가 사라진다는 것.

사족

나도 한때 프랑스문화원에서 시간을 보내던 시절이 있었다. 대학 생활에 잘 적응하지 못하고 재수를 할까 말까 고민하며 서울의 이곳저곳을 배회하던 시기였다. 어쩌다 경복궁 옆 프랑스문화원에서 날마다 영화를 틀어준다는 얘기를 들었고, 틈날 때마다 그곳을 찾아 반나절 이상 시간을 때우곤 했다.

그러던 어느 날, 아무 생각 없이 찾은 문화원 지하 영화감상실에서 미켈란젤로 안토니오니의 〈일식〉(1962)을 보게 되었다. 알랭 들롱 특집으로 여러 영화들을 상영하던 날로 기억한다. 아무런 사건도 일어나지 않는 영화였고, 한없이 늘어지는 영화였으며, 무척이나 고독한 영화였다. 영화 내내 주인공들이 알 수 없는 이유로 불안해했고, 내면의 방황과 공허에 시달렸다. 그리고 적막하고 쓸쓸한 도시의 풍경들이 시선을 압도했다. 더 이상 고독하려야 고독할 수 없는 영화. 세상에 이런 영화가 있다니! 〈일식〉은 〈이지 라이더〉 이후 실로 오랜만에 나를 뒤흔들었고 텅 빈 내 영혼을 옴짝달싹 못하게 붙잡았다. 그래, 프랑스어를 배우자. 프랑스라는 나라로 가서 영화를 공부해보자.

그날 이후, 방황하던 내게 뚜렷한 한 가지 목표가 생겼고, 나는 남학생치고는 비교적 높은 학점으로 무사히 불문과를 졸업했다. 그리고 영화에 대한 애정과 꿈을 안고 프랑스 유학길에 올랐다. 시간이 흘러, 계획과 다르게 문학 공부에 한참 매달려 있을 즈음 우연한 기회에 〈일식〉이 프랑스 영화가 아니라 이탈리아 영화라는 걸 알게 되었다(제작의 기준으로 분류하면, 이탈리아와 프랑스의 합작 영화이기도 하다). 또, 영화를 만든 안토니오니가 이탈리아 모더니즘을 대표하는 감독이라는 사실도 알게 되었다. 문화원에서 그 영화들을 본 후로 한 번도 의심하지 않았던 사실이 순식간에 착각으로 드러난 것이다.

이유를 대자면 끝도 없겠지만, 당시 내가 프랑스어를 한마디도 몰랐던 탓도 있고, 영화를 본 장소가 하필 프랑스문화원이었던 탓도 있으며, 주변에 영화에 대해 아는 인간들이 하나도 없었던 탓도 있고, 그즈음 연애를 시작해 문화원 출입이 확연히 줄어든 탓도 있다. 하지만 무엇보다 결정적이었던 이유는 〈일식〉의 주인공이 알랭 들롱이었다는 사실이다. 나는 쓸데없이 그가 프랑스 배우인 걸 알고 있었고, 그래서 그가 이탈리아어로 연기할 거라고는 생각조차 못했다. 당시 내겐 프랑스어나 이탈리아어나 다 '그게 그거 같은' 언어들이었으니까.

시간이 더 흘러 다시 영화를 공부하게 되면서, 나는 그때의 감정을 종종 떠올리곤 했다. 나를 먼 이국땅으로, 고달픈 유학생의 길로 떠나게 만들었던 그 감정. 무지와 오해에서 비롯된 그 달뜬 감정. 지금도 인정하고 싶진 않지만, 인생은 때때로 오해에서 시작된다. 그런 채로 한없이 굴러가다가 우연히 멈춰 섰을 때, 그때서야 비로소 실체를 보여준다.

'아무튼'은 나에게 기쁨이자 즐거움이 되는,
생각만 해도 좋은 한 가지를 담은 에세이 시리즈입니다.
위고, **제철소**, **코난북스**, 세 출판사가 함께 펴냅니다.

아무튼, 로드무비

초판 1쇄 2018년 6월 30일
초판 2쇄 2020년 10월 30일
지은이 김호영
펴낸이 이재현, 조소정
펴낸곳 위고
제작 세걸음
출판등록 2012년 10월 29일 제406-2012-000115호
주소 경기도 파주시 회동길 290 206-제5호
전화 031-946-9276
팩스 031-946-9277

hugo@hugobooks.co.kr
facebook.com/hugobooks

ⓒ김호영, 2018

ISBN 979-11-86602-41-6 02810

이 도서의 국립중앙도서관 출판예정도서목록(CIP)은
서지정보유통지원시스템 홈페이지(http://seoji.nl.go.kr)와
국가자료공동목록시스템(http://www.nl.go.kr/kolisnet)에서
이용하실 수 있습니다.(CIP제어번호: CIP2018019226)